Nichy Mars

RAGAZZO SOLO

Prima di prendere l'autostrada in direzione Providence, Harvey si fermò diligentemente al semaforo rosso, come se non avesse appena infranto la legge! «Bene,» lanciò un'occhiata al sedile del passeggero, «ormai è ufficiale. Siamo dei fuorilegge.»

Osiride non rispose, era troppo occupata a godersi la brezza che entrava dal finestrino.

«Se non altro la macchina non è rubata,» proseguì Harvey, «ma domani dobbiamo restituirla a Jill.» Si lasciò scappare una risatina più isterica che divertita e controllò lo specchietto retrovisore. «Chissà se ci farebbero stare nella stessa cella.»

Osiride girò il collo massiccio verso Harvey e sbuffò speranzosa, con la lingua puntata verso di lui.

Harvey sorrise alla sua migliore e più leale amica che aveva allevato insieme al suo ragazzo.

Anzi, al suo ex fidanzato.

Al suo ex fidanzato psicopatico.

Per fortuna Osiride non aveva preso esempio da lui, si limitava a non fidarsi degli uomini.

Ed erano in due.

Harvey guardò di nuovo lo specchietto retrovisore, felice di vedere solo un po' di traffico e i vividi colori della primavera del Rhode Island.

Sembrava davvero che l'avesse fatta franca. Era riuscito a riprendersi Osiride. Non era stato difficile, gli era bastato andare a casa di Ian, dove l'aveva subito trovata legata in giardino e senza acqua. Quando l'aveva liberata, la sua adorata cagnolona era impazzita di gioia. «Se soltanto potessi parlare,» mormorò. «O abbracciami. Un abbraccio adesso mi farebbe proprio bene.»

Osiride smise di ansimare e guardò il suo padrone con occhi estatici.

«Basta così. Non sono un eroe.» Gli venne un nodo alla gola al pensiero che non era riuscito a capire ciò che stava per succedere e a proteggere Osiride.

Aveva rischiato di arrivare troppo tardi.

Già così, la povera bestia sembrava denutrita. E a giudicare dall'accoglienza strappalacrime che gli aveva riservato, doveva anche essere stata trascurata. Era un delitto, perché Osiride in fondo era solo una cucciola, anche se pesava quasi settanta chili.

D'accordo, forse era più un fascio di muscoli che una cucciola, con quel testone immenso piantato su un collo di ottanta centimetri di circonferenza, solido come una quercia. Però era adorabile e, soprattutto, era il suo cane. Almeno per metà.

Non sapeva nemmeno come trovare un tetto, adesso che Ian aveva cambiato le serrature, gli aveva rubato la macchina e ripulito il conto in banca.

La polizia non aveva tempo per il loro caso. Prima di tutto la villa era di Ian e lui non avrebbe potuto fargli causa. E poi era stato lui a comprargli la macchina, per cui aveva tutti i diritti di riprendersela.

Cosa che naturalmente aveva fatto.

I soldi, però, erano tutti di Harvey. Se li era guadagnati con il suo lavoro di addestratore e accompagnatore di cani. Ma non poteva farci niente, era stato lui a dargli il pin del suo bancomat.

Poteva anche accettare di essere stato così stupido da farsi derubare, ma non riusciva a sopportare il pensiero di lasciare Osiride nelle mani di un uomo che le avrebbe senz'altro fatto del male.

Il cane, malgrado la cintura, si protese verso il padrone. In fondo era una specie di abbraccio.

«Grazie,» sussurrò sorridendo, mentre Osiride gli leccava il volto.

Ma nemmeno la dolcezza di una cagnolona così affettuosa poté nascondere la verità. Era davvero in fuga. Lui, che seguiva sempre le regole ed era uno specchio d'onestà, era diventato un fuorilegge i cui averi ammontavano a quarantanove dollari e a una tanica di benzina che gli aveva prestato la sua amica Jill.

«Ma non potevo fare altro,» spiegò a Osiride. Non dopo aver capito che Ian non si sarebbe fatto scrupoli a sfogare la sua rabbia sul cane.

Come aveva potuto non accorgersene prima?

Ma conosceva troppo bene la risposta.

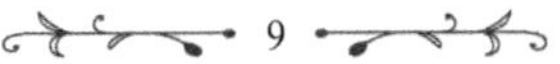

Ian era ricco, bello, intelligente e soprattutto sembrava interessato a lui, ad Harvey Shalvis, un ragazzo qualunque senza padre e con una madre distante che non gli aveva mai dato l'affetto di cui aveva bisogno.

Invece Ian gli aveva prestato attenzione, l'aveva fatto sentire importante.

Quanto soffriva al pensiero di essere stato così superficiale da farsi conquistare da qualche lettera romantica e dal suo sorriso! Ma quel sorriso si era spento troppo presto e Ian l'aveva pian piano assorbito nella sua vita, rendendolo insicuro, instabile e più solo di quanto fosse mai stato, anche se lui conosceva la solitudine molto bene.

Le violenze contro Osiride erano state solo l'ultima goccia.

Harvey sapeva che il suo fidanzato era geloso del cane, che il suo orgoglio era ferito e che forse era arrabbiato anche perché Osiride aveva perso l'ultimo concorso. Ma non gli importava più. Era distrutto. Normale, dopo una settimana che dormiva in un'auto presa in prestito, facendo di tanto in tanto la doccia a casa di un'amica, mentre aspettava il momento giusto per riprendersi il suo cane.

Peccato che la legge non gli avrebbe dato ragione visto che i documenti di Osiride li aveva Ian. Con più tempo e soldi a disposizione forse sarebbe riuscito a dimostrare che, anche se il cane era di tutti e due, era sempre stato lui a occuparsene e a dargli l'affetto di cui aveva bisogno.

Ma lui non aveva né tempo né soldi.

Ian non gli avrebbe mai perdonato di avergli sottratto Osiride da sotto il naso, anche se l'altro aveva fatto la stessa cosa. La soluzione migliore era sparire il più presto possibile. Se avesse avuto una bella foto di Osiride sarebbe andato da Ted Woods, un noto direttore artistico che aveva incontrato a una sfilata canina qualche mese prima. Con un po' di fortuna Osiride avrebbe ottenuto un ingaggio per qualche pubblicità.

Il quel caso avrebbe guadagnato bene e sarebbe stato più tranquillo. Aveva un gran bisogno di soldi e stabilità.

Uscì dall'autostrada, sicuro e determinato. Si fermò a comprare due hamburger, uno per sé e uno per Osiride. Cercò un telefono e sull'elenco di Providence trovò l'indirizzo di due fotografi. Facendosi coraggio, chiuse gli occhi e puntò il dito su uno. «Forza, augurami buona fortuna,» disse a Osiride.

Poi compose il numero.

Il telefono squillò. E continuò a squillare ma Alex Flynn finse di non sentirlo, stava troppo bene disteso sull'amaca con una lattina appoggiata alla pancia a godersi i raggi del sole.

Non era colpa sua se le sue sorelle si erano date alla fuga e avevano disertato lo studio per seguire gli uomini della loro vita.

D'accordo, non che fossero proprio fuggite. Eliane si era sposata e meritava la sua luna di miele. Anche Kate aveva bisogno di un po' di riposo e aveva fatto benissimo ad andare a Hollywood con il fidanzato, uno stuntman professionista.

In fondo gli avevano anche chiesto se per lui non era un problema sostituirle. Alex non aveva saputo dire di no a quei quattro occhi supplichevoli.

Il telefono continuava a suonare.

«Non sono una segreteria telefonica,» sbuffò continuando a godersi la dolce aria primaverile, senza muovere un dito.

Poi pensò che, in effetti, lui era una segreteria telefonica. Aveva promesso alle sorelle di riferire i messaggi, fissare appuntamenti ed essere gentile con chiunque chiamasse.

Anche se quella non era la sua specialità.

«Va bene, arrivo,» brontolò. In fondo era in vacanza anche lui. Una lunga vacanza dal suo lavoro di giornalista. Aveva una bellissima professione, vantava un premio Pulitzer e la libertà di viaggiare per il mondo a suo piacimento.

E un mezzo esaurimento nervoso.

Tutto sommato, essere stato richiamato in America, meglio ancora in Rhode Island, per rituffarsi nella vita normale e partecipare al matrimonio di Eliane era stata una benedizione. In un certo senso.

Se non altro rilassarsi gli faceva bene.

«Pronto? Studio fotografico Providence. In che cosa posso esserle utile?»

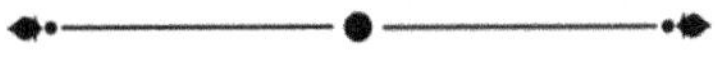

La porta dello studio si aprì. Era impossibile non accorgersene, grazie a quelle dannate campanelle che qualcuno aveva attaccato all'ingresso. Probabilmente era stata Eliane, adorava quel genere di cose.

Chiunque fosse l'uomo che aveva chiamato con la voce agitata, chiedendo il ritratto di un cane, era in tremendo anticipo.

Chi diavolo poteva sprecare i soldi per il ritratto di un cane?

Alex, che era appena tornato da un duro viaggio in Sudamerica e aveva visitato alcuni tra i paesi più poveri del mondo, provò un moto d'irritazione.

Ma naturalmente non era lì per recriminare e aveva subito

proposto allo sconosciuto di fissargli un appuntamento per quando sarebbero tornate le sue sorelle. Erano loro le titolari, lui si limitava a rispondere al telefono.

La sua risposta aveva gettato l'uomo nel panico. Quando Alex aveva cercato di sbarazzarsi di lui, quello si era ridotto a implorare. Ed era riuscito nel suo intento, perché quella voce dolce e vellutata che supplicava come se ne andasse della propria vita lo aveva convinto a dirgli di sì.

I suoi parenti spesso lo accusavano di soffrire del complesso del *salvatore del mondo* e forse non avevano tutti i torti. Ma lui era convinto di soffrire soprattutto del complesso del seduttore.

Proprio non riusciva a resistere a un bel ragazzo e spesso ci scappava una serata di sesso.

Anche da quel lato aveva fatto bene a ritornare, aveva già l'agenda piena di appuntamenti. Si meritava un po' di divertimento dopo tutto quello che aveva visto e fatto in nome del giornalismo, in quegli ultimi anni.

«C'è nessuno?» chiese una voce maschile.

Era senz'altro l'uomo della telefonata, con quella voce che avrebbe saputo sciogliere il ghiaccio di tutti e due poli.

«C'è nessuno?»

«Ho sentito,» rispose Alex. «Un attimo.» Era nella camera oscura e stava finendo di sviluppare delle foto che aveva scattato in Belize alcune settimane prima. Accompagnava quasi sempre i suoi reportage con un servizio fotografico, che realizzava di persona. La sua famiglia si ostinava a ripetere che non era solo un giornalista, ma anche un fotoreporter. Alex però sapeva di non essere un vero esperto, e infatti la maggior parte delle foto che stava sviluppando era inguardabile.

Per fortuna qualcosa si era salvato. Quando aveva lasciato il Sudamerica per partecipare al matrimonio di sua sorella era distrutto sia nel fisico sia nel morale. Si era occupato di un'orribile storia di faide e delitti tra i due signori della droga locali che lo aveva amareggiato.

Andando in aeroporto, aveva visto un gruppo di bambini giocare ai bordi della strada. Non avevano giocattoli costosi o elettronici, come negli Stati Uniti. Giocavano con delle pietre e la loro semplice gioia di vivere l'aveva incantato. Guardò la foto di un bambino di non più di sei anni, con le costole e lo stomaco sporgenti. Si stringeva al petto un cumulo di sassi e guardava nell'obiettivo con un sorriso sdentato.

«Grazie per avermi ricevuto,» disse la voce dell'uomo che ormai doveva essere entrato. Era dolce e carezzevole ma dava l'impressione di essere di fretta.

«Non si preoccupi.» Alex si chiese se il volto e il fisico si addicessero a quella voce così sensuale. Si chiese se fosse alto e pieno di muscoli, o piccolo e snello. Si chiese com'era vestito. Si chiese...

«Osiride collabora volentieri.»

«Osiride?»

«È il mio cane. Non creerà problemi.»

Accidenti, se ne era quasi dimenticato. Ma che cosa ci voleva a fotografare un cane? Se non ne fosse stato capace, avrebbe anche potuto chiudere lo studio. «Sì, arrivo subito.»

Ormai non vedeva l'ora di mettersi al lavoro. Certo, aveva in programma un pomeriggio di relax, ma sapeva sempre cogliere il massimo dalle opportunità che gli si presentavano. E passare del tempo in compagnia di un uomo con una voce così sensuale gli sembrava un'ottima opportunità. Appese ad asciugare l'ultima foto del rullino, si lavò le mani e uscì dalla camera oscura.

Fu accolto da una visione che lo fece sorridere.

Il cliente misterioso gli dava le spalle ed era chino su una massa di peli che con ogni probabilità doveva essere Osiride. Alex, che non era un grande amante dei cani, rivolse subito la sua attenzione all'uomo.

Indossava un paio di pantaloncini color cachi, che lasciavano scoperte due belle gambe sode e abbronzate.

Molto bene, si disse, osservando la camicia senza maniche.

L'uomo si girò con un sorriso, che gli illuminò il volto. Un volto ammaliatore e indimenticabile. Alex lo ricordava bene, conosceva quei misteriosi occhi grigi. E una notte di tanti anni prima aveva avuto modo di conoscere anche qualcosa di più. «Harvey?»

Il sorriso gli svanì dal viso, sostituito da una espressione stupita. «Alex! Non ti vedo da…»

«Dal giorno del diploma.» Senza distogliere lo sguardo dal suo, Alex scosse la testa di fronte all'incarnazione dei suoi sogni di adolescente. Erano stati compagni di scuola per anni e non si erano mai rivolti la parola, tranne in quell'ultima serata fatale.

Da ragazzo aveva passato innumerevoli notti a fissare il

soffitto pensando allo studente più bello della scuola, consapevole di non avere nessuna possibilità di conquistarlo. Era sicuro che un ragazzo così non avrebbe mai notato uno come lui, alto, magrissimo e insignificante.

Invece Harvey conosceva il suo nome.

D'un tratto sentì un ringhio soffocato e si ricordò che dietro di lui c'era una massa gigantesca di denti e muscoli.

Non era un ringhio amichevole, da cane che ha voglia di giocare. No, era decisamente minaccioso e non prometteva niente di buono.

Alex si era trovato in mezzo alla guerriglia, aveva vissuto atterraggi di fortuna, si era ammalato di febbre tifoidea, ma non aveva mai immaginato di trovarsi in una situazione simile.

Guardò meglio l'animale e si rese conto con orrore che arrivava ai fianchi di Harvey. Il muso era lungo e affusolato, sormontato da due occhi marroni che facevano capolino sotto la fronte larga e robusta. Il manto a pelo corto era marrone chiaro, chiazzato di nero.

Insomma, era soltanto un cane.

Subito dopo ad Alex sembrò di essere colpito al petto da una palla da bowling. Barcollando si appoggiò al muro. Due zampe gigantesche gli si posarono sul torace e gli impedirono di cadere.

Alex fissò quei due occhi scuri, screziati di sangue, e si rese conto che il cane era alto quanto lui. Vide una lingua immensa che sbavava e sentì un alito fetido che gli soffiava dritto in bocca.

Finalmente Harvey gli tolse il mostro di dosso.

«Osiride,» l'ammonì, «devi smetterla di salutare la gente così.»

Alex si raddrizzò e si passò una mano sulla camicia. Quando incontrò le prime tracce di bava, si lasciò sfuggire una smorfia di disgusto. «Salutare?»

«Beh, è un po' miope. Le piace guardare la gente da vicino.»

«Capisco.» Alex posò lo sguardo sul cane più grande e massiccio che avesse mai visto. «Pensavo volesse divorarmi.»

«Oh, no! Osiride è dolcissima, non ha mai fatto del male a nessuno.» Per dimostrarlo si chinò e prese tra le mani la mascella robusta del cane, guardandolo con un sorriso dolce e infinitamente triste. «Ha avuto dei problemi negli ultimi tempi, tutto qui.»

E lo stesso valeva per Harvey, si disse Alex. Non sapeva niente di lui, ma il suo istinto sbagliava raramente. Qualcosa non andava, glielo leggeva negli occhi esausti e nei movimenti del suo corpo flessuoso.

Avrebbe voluto chiedergli che cosa lo turbava e offrirgli il suo aiuto. L'aveva già fatto una volta, e ancora adesso si chiedeva che sarebbe successo se Harvey gli avesse permesso di fare di più. Alex si riscosse, sorpreso di scoprire con quanta facilità stava rientrando nei panni del salvatore di Harvey.

Accidenti, era in vacanza. Non era il caso di soccorrere un belloccio in difficoltà. Meglio limitarsi a gironzolare, scattare foto, godersi qualche avventura occasionale e fare tutto quello che gli veniva in mente senza pensarci troppo.

Però non riusciva a ignorare i problemi degli altri, era più forte di lui. Quando aprì la bocca per chiedergli se qualcosa non andava, Harvey si trincerò subito dietro a una domanda: «Allora,» si affrettò a dire, «chi è il fotografo?»

«Ce l'hai davanti.»

«Oh… Possiamo iniziare subito? Sono un po' di corsa.»

Alex squadrò Osiride con diffidenza che in un'altra situazione avrebbe divertito molto Harvey. Ma aveva una fretta del diavolo, anche se gli sarebbe piaciuto fermare il tempo e restare in contemplazione di Alex.

Santo cielo, si era sempre chiesto che fine avesse fatto, si era chiesto se… No. Non poteva tornare indietro.

Il passato era passato.

«Immagino che tu non possa aspettare,» disse lui. «Come ti ho detto al telefono, le mie sorelle…»

«È vero. Non posso aspettare.»

I suoi occhi erano sempre stati fantastici, quasi ipnotici con quel loro colore impenetrabile, ora erano fissi nei suoi e sembravano valutare la situazione. Il suo sguardo era gentile e pieno di comprensione, ma Harvey non aveva bisogno di gentilezza e comprensione, voleva solo le foto.

«Perché non mi dici cosa c'è che non va?» chiese Alex dopo una lunga pausa.

Quindi era intuitivo come una volta e sempre pronto a correre in suo aiuto. Ma Harvey non era più un diciassettenne spaventato e smarrito. Non gli serviva la sua compassione, gli serviva la sua macchina fotografica. «È tutto a posto.» E per sottolineare la risposta si sforzò di sorridere.

Alex lo guardò per un altro lunghissimo istante, poi annuì. «D'accordo, allora.»

Harvey lo seguì lungo il corridoio, ancora stranamente turbato per averlo rivisto. Non riusciva a togliere gli occhi di dosso a quel corpo alto e atletico che sembrava un unico fascio di muscoli.

Alex indossava un paio di jeans sbiaditi dall'aria comoda, ma perfettamente aderenti, mentre la camicia sottolineava l'ampio contorno delle spalle.

Proprio quando lo stava fissando a bocca aperta, chiedendosi com'era possibile che il ragazzo di una volta fosse diventato un uomo così perfetto, Alex si girò e colse il suo sguardo.

Gli rivolse un sorriso franco e amichevole, un sorriso così semplice e contagioso che lo spinse a contraccambiare.

Per ridicolo che potesse sembrare, quell'uomo, per Harvey, non rappresentava solo una pazzia del passato, ma qualcosa di più profondo che lo spaventava e che in quel momento non voleva affrontare. Si rese conto istintivamente che Alex avrebbe potuto mettere in pericolo il suo equilibrio mentale.

«Ho pensato spesso a te,» cominciò Alex, «mi chiedevo dove fossi, che cosa facessi.»

Harvey si strinse sulle spalle, sforzandosi di sembrare indifferente. «Niente di speciale a dirti la verità.»

«Tu sei sempre stato speciale. E lo sei ancora.»

Harvey si ripeté che non aveva bisogno di nessuno. Soprattutto non in quel momento, non dopo Ian. Non voleva ammettere che gli era bastato guardare Alex negli occhi per provare l'impulso di buttarsi tra le sue braccia e chiedere aiuto. Era nei guai, d'accordo, ma non gli sembrava un motivo valido per sciogliersi di fronte al primo volto familiare.

«È da tanto tempo che non penso ai tempi del liceo,» osservò.

«Io cerco di non pensarci mai.»

Harvey ne era convinto. Per qualche strano motivo, lui era stato un ragazzo molto ammirato in quel periodo. Non aveva mai capito perché. Veniva da una famiglia povera e lavorava tutte le sere in un fast food per aiutare sua madre a pagare l'affitto. I suoi voti non erano dei migliori, però usciva con i ragazzi più popolari della scuola, se non altro nei giorni in cui gli restava l'energia per socializzare.

I ragazzi della sua compagnia non erano gentili né troppo simpatici, ma chissà perché l'avevano accettato nel loro gruppo. Però gli dava ancora fastidio pensare a quanti compagni avevano preso in giro o trattato con crudeltà per il semplice motivo che se lo potevano permettere.

Alex era stato una delle loro vittime.

Se lo ricordava benissimo. Già allora era molto bello, anche se era troppo alto e troppo magro, anzi quasi scheletrico. Ed era un duro. Troppo duro perché gli amici di Harvey riuscissero a penetrare le sue difese. Lo tormentavano in continuazione, ma quello non lasciava mai trasparire la minima irritazione.

Harvey non gli aveva mai fatto niente, ma si vergognava di avere assistito ai tentativi dei ragazzi del gruppo di attaccare briga e alle occhiate di disprezzo che gli lanciavano le sue amiche.

Alex sembrava indifferente, si comportava come se non esistessero.

Fino a quella sera in cui Harvey aveva avuto bisogno e Alex l'aveva aiutato senza domande e senza rimproveri.

Proprio come adesso.

Senza dubbio era diverso dal ragazzo di una volta. Le spalle non sembravano più troppo larghe, mentre il resto del corpo non era più scheletrico, ma... Semplicemente perfetto.

Era diventato un uomo bellissimo. Nessuna definizione sarebbe stata più adatta.

Ma a lui, naturalmente, non interessava. No, basta avventure sentimentali, altri uomini nella sua vita. Aveva cose più importanti a cui pensare.

Per esempio come fuggire dalla polizia.

Piccoli dettagli.

Dettagli che lo turbavano così tanto, che non si accorse nemmeno che Alex si era fermato di fronte alla porta dello studio e gli franò addosso.

«Ops!» Harvey sollevò automaticamente le mani per bilanciarsi meglio e gliele appoggiò sulla schiena, si ritrasse subito, imbarazzato dal contatto con quel corpo solido e caldo. «Scusa.»

Alex non sembrò affatto seccato, perché si girò e gli rivolse un altro sorriso.

«Allora,» borbottò Harvey, «che devo fare?»

«Fa' entrare il cane.»

Osiride infilò la testa fra le gambe del padrone. Era evidente che avrebbe preferito vedersela con dieci Ian, piuttosto che trovarsi lì. Con un latrato nervoso si bilanciò sulle zampe massicce.

Harvey la persuase a entrare offrendole un biscottino, mentre Alex andava avanti e accendeva la luce.

«Ascolta,» sussurrò Harvey, accoccolandosi accanto al cane, «fallo per me, ti prego. Per il nostro futuro.» Prese le gigantesche mascelle di Osiride tra le mani e la fissò nei grandi occhi spaventati. «Te lo chiedo per favore.»

Quando Osiride si chinò su di lui e gli toccò il mento, Harvey l'abbracciò forte. «So che mi vuoi bene. Ti voglio bene anch'io. Vedrai che andrà tutto bene,» le promise dolcemente.

«Che cosa non dovrebbe andare bene?» chiese Alex alle sue spalle.

«Harvey? Cos'è che non dovrebbe andare bene?»

Quando incontrò il suo sguardo curioso. Harvey smise di abbracciare Osiride e si alzò di scatto. «Le foto,» mentì, cercando di sembrare tranquillo. «Le fotografie verranno benissimo.»

«Certo.» Alex lo fissò per un lungo istante con quel suo sguardo così intenso a cui non si poteva nascondere nulla.

Ma Harvey non ci sarebbe cascato. Lo aveva conosciuto da ragazzo, ma erano passati tanti anni e adesso non aveva motivo di fidarsi di lui, anche se gli sarebbe piaciuto molto.

«Che sfondo vuoi?» gli chiese Alex, senza smettere di fissarlo. «Uno tradizionale o una foto di esterni? Secondo me quello tradizionale appiattisce un po' il soggetto, però l'esterno può risultare dozzinale e…» Si strinse alle spalle. «Non sono un vero professionista. Scegli quello che ti piace di più.»

Harvey esaminò rapidamente gli sfondi. Non era un vero professionista? *Chi sei allora* avrebbe voluto chiedergli, ma preferiva evitare di fare domande personali che gli avrebbero dato l'occasione di porgliene a sua volta. Non doveva fidarsi. Tirò un profondo respiro. «Vada per l'esterno dozzinale.»

Con un sorriso Alex sollevò un pannello che raffigurava una radura erbosa circondata da pini e attraversata da un ruscelletto. In effetti era davvero dozzinale.

Il suo sorriso invece era un'arma pericolosissima. Harvey lo guardò mentre sollevava il fondale, affascinato dai muscoli dell'avanbraccio che si contraevano e dai movimenti fluidi del suo corpo.

«Ti avevo messo in guardia,» dichiarò l'altro, pensando che il suo sguardo fisso fosse dovuto alla bruttezza dello sfondo. «Il cane come lo vuoi?»

«Uhm…» Harvey scrollò la testa per chiarirsi le idee e si concentrò su Osiride, che lo guardava con occhi preoccupati. «In posizione angolata, in modo che si veda bene il colore del manto.»

«Il colore?»

«Di solito i cani della sua razza hanno un mantello di colore comune. Invece quello di Osiride ha macchie nere con focature rosso brune molto luminose. Voglio che risalti il più possibile.»

«Messaggio ricevuto.» Alex iniziò ad armeggiare con la macchina fotografica. «E adesso di che cosa ti occupi?»

«Di cani. Accompagno cani alle mostre.»

«E sono tutti di questa razza?» accennò con la testa a Osiride che aveva iniziato a rincorrersi la coda

«Mastini napoletani? Di solito sì.»

«Perché?»

«Perché?» Harvey guardò Osiride, perplesso, chiedendosi

come fosse possibile che qualcuno non si accorgesse del suo fascino. «Beh sono grandi. Mi piacciono i cani grandi. E hanno il pelo così corto che non si può arruffare. Quindi è più facile prepararli per le sfilate. E hai notato la mascherina nera e gli occhi che sembrano quasi truccati?» Sollevò il muso di Osiride e le diede un bacio sul naso. «Sono fantastici. Osiride sfila così com'è, senza nemmeno un fiocco. Mi serve solo un asciugamano perché quando è agitata produce molta bava.»

«Un secchio, vorrai dire,» osservò Alex guardando la bava che usciva dalla bocca del cane e finiva sul tappeto. Harvey le asciugò la bava e le spostò le zampe, cercando di farla sedere. Il cane invece di obbedire si chinò su di lui e gli leccò la faccia.

Alex scoppiò a ridere.

Harvey fece finta di niente e riprovò. Si chinò e cercò di riportare Osiride nella posizione che aveva scelto. «Ecco. Sta ferma così. È perfetto. Alex, fa' in fretta!»

Alex scomparve dietro la macchina fotografica mentre Harvey arretrava a carponi.

Ma proprio in quel momento Osiride si sdraiò.

Alex corrugò le sopracciglia e guardò Harvey con uno sguardo interrogatorio.

«Non stai collaborando,» sussurrò Harvey al cane, strisciando avanti e guardandola dritto negli occhi. «Su, adesso riproviamo.»

Quando si girò si rese conto che Alex lo stava fissando. O meglio, aveva gli occhi incollati al suo sedere.

Arrossì violentemente e si accovacciò subito sui talloni.

«Mi dispiace.»

«E perché? È la cosa più bella che ho visto oggi.»

Harvey fissò gli occhi nei suoi e non riuscì a staccarli. Non era solo la faccia che gli ardeva, ma tutto il corpo. Gli sembrava che la camicia fosse diventata improvvisamente stretta e sentiva i capezzoli aderire contro il tessuto. Seccato per quella reazione involontaria, cercò di nuovo di far sedere Osiride, prestando più attenzione alle posizioni che assumeva.

Il cane restò immobile fino a quando Alex allungò la mano verso il flash. In quel momento esatto si alzò e andò a sdraiarsi ai piedi di Osiride.

Alex si raddrizzò e osservò Osiride. «Così sarebbe una specie di campionessa?»

«Certo.» Harvey sospirò quando il cane spalancò la bocca in uno sbadiglio. «Si sta annoiando qui.»

«Forse dovrei mettermi a cantare e ballare.»

«Riproviamo.» Harvey iniziava a sentirsi disperato. Non sapeva nemmeno se Alex avrebbe sviluppato subito le foto o se gli avrebbe consegnato il rullino. In quel caso gli sarebbe toccato rivolgersi a un altro studio per lo sviluppo.

In un modo o nell'atro aveva bisogno di quelle foto al più presto, per potere andare da Red Woods nella speranza di ottenere un ingaggio per Osiride.

E di guadagnare qualcosa.

In caso contrario si sarebbe dovuto trovare un lavoro al più presto. Aveva delle ottime referenze ed era da dieci anni che accompagnava i cani alle mostre. I proprietari lo conoscevano, si fidavano di lui ed era sempre riuscito a mantenersi bene con quel mestiere. Ma se si fosse saputo che aveva rubato un cane la sua carriera sarebbe stata distrutta. E poi Ian l'avrebbe cercato in tutte le esposizioni canine della zona. Il Rhode Island era piccolo e sparire era quasi impossibile.

Harvey non poteva permettere che Osiride gli venisse tolta di nuovo. Se fosse riuscito a procurarsi i soldi necessari per andarsene, si sarebbe trasferito il più lontano possibile e avrebbe ricominciato tutto da capo.

«Ehi.» D'improvviso si accorse che Alex era davanti a lui e gli sollevava il volto con la mano. Solo allora si rese conto che l'aveva chiamato per nome diverse volte. «Che succede?»

Il contatto delle sue dita sulla pelle lo elettrizzò. «In che senso?»

«Sei molto nervoso.»

Harvey deglutì a fatica, ipnotizzato da quello sguardo troppo intenso: «Sono sempre nervoso quando mi trovo con degli estranei.»

«Io non sono un estraneo.»

Aveva ragione. «Allora forse mi ha innervosito rivederti.»

«Ma se non mi hai mai considerato!» Alex scoppiò in una risatina roca. «Non ci credo.» Gli accarezzò la mascella con il pollice. «Raccontami tutto. Che cosa ti è successo?»

Harvey aprì la bocca, senza nessuna idea di che cosa avrebbe detto, ma proprio in quel momento Osiride si frappose tra loro e puntò verso Alex, digrignando i denti.

Lui tolse subito la mano dal volto di Harvey. «Sei un cane da guardia, eh?»

Harvey accarezzò il pelo ritto sul collo massiccio di Osiride. «Non ti morderebbe mai.»

Alex lanciò un'occhiata diffidente al cane. «Se lo dici tu.» Ma evitò di toccarlo di nuovo.

E non avrebbe dovuto farlo nemmeno prima, a prescindere dal cane, perché adesso non riusciva a togliersi dalla mente il contatto con la sua pelle morbida e delicata.

«Se le fai le coccole e le sorridi si dovrebbe calmare,» gli suggerì Harvey.

«E se faccio le coccole a te e ti sorrido, ti calmerai anche tu?»

Harvey lo fissò per un attimo, poi distolse lo sguardo. «Non mi prendere in giro.»

I suoi grandi occhi grigi incontrarono quelli di Alex. «Mi odi ancora?»

«Odiarti?»

«Sai, dai tempi del liceo.»

Alex rise, ma vedendo che lui restava serio si interruppe subito. «Harvey, in questi anni odiarti era l'ultima cosa che mi passava per la testa.»

«Anche dopo… quella sera?»

«Soprattutto dopo quella sera.»

Quando Harvey sbatté gli occhi, stupito, lui gli rivolse un sorriso ironico. «Già. Una cotta della peggior specie.»

«Non lo sapevo.»

«Dico sul serio.»

Harvey fece una smorfia. «Mi dispiace. Mi dà fastidio ripensare a quei tempi, ai ragazzi che frequentavo, a quanto fossero meschini…»

«È passato molto tempo,» tagliò corto Alex. Si allontanò, seccato dai ricordi che aveva risvegliato in lui. Seccato dalla consapevolezza di aver sognato troppo spesso Harvey. «Ti ho già detto che non penso più a quel periodo.»

Harvey posò lo sguardo su Osiride, un'espressione vulnerabile e triste che l'aveva tanto colpito. «Sì.»

Guardandolo Alex si sentì di nuovo l'adolescente stupido e goffo che era stato tanti anni prima, quello che si consumava di seghe tutte le sere a letto pensando ad Harvey. Adesso era tutto diverso. Era diventato un giornalista di successo. Si era costruito una vita e una carriera.

Non aveva bisogno di lui.

Accennò verso Osiride, desiderando improvvisamente che se ne andassero al più presto e lo lasciassero al suo relax, libero di non pensare e non provare emozioni. «Facciamo questa foto, d'accordo?»

«Certo.» Harvey cercò di portare il cane davanti allo sfondo, ma Osiride si impuntò. Piantò le zampe a terra e non si mosse di un centimetro.

Harvey però sembrava più ostinato di lui, perché iniziò a spingerlo con tutta la sua forza. «Adesso... ti metterai... in... posa,» grugnì.

Divertito, suo malgrado, Alex stette a guardare. Harvey aveva i capelli sugli occhi, la fronte solcata da una ruga di concentrazione, il volto rosso di rabbia e fatica.

Alla fine, la sua determinazione riuscì a far spostare il cane e Alex dovette riconoscere che il suo corpo slanciato era molto più forte di quanto sembrasse.

«Potresti... anche... tu... darmi... una mano,» ansimò

Harvey, spingendo Osiride verso lo sfondo e scoccando ad Alex un'occhiata che lo fece sorridere ancora di più.

«Perché? Te la stai cavando benissimo.» Il cane doveva pesare molto più di cinquanta chili. Alex non aveva la minima intenzione di mettersi a spingerlo e rischiare di rompersi l'osso del collo. E poi gli piaceva guardare Harvey sudare.

Chissà che altro l'avrebbe fatto sudare e ansimare così, si chiese sorridendo tra sé. Ma subito dopo si impose di smetterla, non doveva avere simili pensieri. Non su quel ragazzo.

«Ci siamo.» Harvey si raddrizzò, ormai senza fiato. «Preparati, Alex.» Accarezzò il cane, cercò di calmarlo, lo baciò sul naso e strofinò la guancia sulla sua.

Alex osservò quell'esibizione d'affetto e si sentì stringere il cuore. *Oh, al diavolo!*

«Scatta le foto!» esclamò Harvey. «Subito.»

Attraverso l'obiettivo Alex l'osservò mentre abbracciava per l'ultima volta Osiride, senza fare caso alla bava che gli scivolava sul braccio e al pelo che gli si appiccicava sui vestiti.

«Sei pronto?» gli gridò.

«Sì, prontissimo,» rispose Alex, seguendolo con lo sguardo, mentre correva via.

Quando sentì lo schiocco secco dell'otturatore, Harvey si appoggiò al muro, sollevato, e chiuse gli occhi, respirando affannosamente.

Stupito da quella reazione esagerata, Alex gli si avvicinò. «Sono solo delle foto.»

Harvey aprì subito gli occhi. «Quando le posso avere?»

«Fra circa tre settimane.»

«Non potresti vendermi il rullino? Così lo prendo subito e lo faccio sviluppare io.»

«Il nostro studio non lavora così,» gli spiegò l'altro notando il suo panico. «Harvey...»

Fu interrotto dallo squillo del campanello. Harvey sobbalzò. «Non avevi detto che siete chiusi?»

«Sì.» Alex gemette al pensiero di dover fare altre foto. Già un cane era un soggetto difficile. Ma c'era di peggio. Di molto peggio.

Ad esempio fotografare un bambino.

«Alex.» Harvey lo afferrò per la camicia, mentre andava ad aprire. «C'è una cosa che ti devo dire...»

«Aspetta un attimo, torno subito.» Ma non ci fu verso di fargli lasciare la presa. Quando si girò a guardarlo si accorse che era pallidissimo. «Ehi.» La preoccupazione fu più forte di ogni cautela e, senza pensare, gli tolse i capelli dalla fronte e gli sfiorò la guancia. «Che c'è?»

«Se fosse la polizia...»

«La polizia?» Alex si immobilizzò. «Perché dovrebbe essere la polizia?»

«Se fosse così,» ripeté lui a fatica, «io...»

«Buongiorno,» chiamò una voce dall'ingresso, «sono il sergente Stuart. C'è nessuno?»

«Oh, mio Dio!» Harvey si mise una mano sulla bocca. Il sangue gli pulsava nelle orecchie e lo stomaco era attanagliato dal terrore.

Percependo la sua agitazione, Osiride gli diede una testata affettuosa sulla pancia, che lo fece quasi finire contro il muro. Harvey si chinò ad abbracciare il cane. «Ssh,» l'implorò, premendogli il muso contro il proprio petto. «Non gli permetterò di portarti via.»

La promessa era sincera, anche se non avrebbe saputo come mantenerla. Non sapeva nemmeno quale sarebbe stata la reazione di Alex. L'avrebbe forse consegnato alla polizia?

Naturalmente sì. Ogni persona sana di mente comporterebbe così. Alex non aveva idea di che cosa fosse successo e di cosa lui avesse fatto. E non si sarebbe certo messo nei guai con la legge per proteggerlo.

«Arrivo subito,» gridò Alex al sergente, «sono in camera oscura, mi dia solo un minuto.»

Poi si accovacciò accanto ad Harvey e gli sollevò il mento

perché lo guardasse negli occhi. Harvey riconobbe con stupore che il tocco caldo delle sue dita affusolate era la sensazione più rassicurante che avesse provato da molto tempo a questa parte.

I loro corpi erano così vicini, gli sarebbe bastato spostarsi di pochi centimetri per cadere tra le sue braccia. Era una grande tentazione, ma non avrebbe ceduto. Non voleva essere debole.

Alex accostò la bocca all'orecchio, provocandogli un brivido inatteso. «Ti sei cacciato in guai seri, vero?»

Harvey si trovò a pensare stupidamente che aveva un buon profumo, molto virile. Erano così vicini che il suo respiro gli muoveva i capelli. Il corpo di Alex era solido e caldo e gli faceva venire voglia di appoggiarsi a lui.

Possibile che pensasse a cose del genere in un momento come quello?

«Harvey?»

«In effetti ho qualche problemino» ammise.

«Che cosa è successo?»

«È una lunga storia.» Non voleva raccontargli la verità, gli sembrava troppo patetica. Chiuse gli occhi, aspettando che lui chiamasse il poliziotto e denunciasse la sua presenza, come avrebbe fatto ogni cittadino che si rispetti.

«Hai fatto del male a qualcuno?»

Harvey riaprì gli occhi. «No!»

«Hai commesso un omicidio?»

«Santo cielo, no!»

«D'accordo.» fece Alex, di nuovo la bocca all'orecchio.

«Qualunque cosa la polizia pensi che tu abbia fatto, sei innocente?»

Quando le sue labbra toccarono la pelle sensibile dietro l'orecchio, Harvey si sentì percorrere da un altro brivido.

«No,» si sforzò di rispondere, stupito che Alex non l'avesse ancora tradito. Perché si comportava così? «Non sono innocente. Ma l'ho fatto soltanto per proteggere…»

«C'è nessuno?» chiese di nuovo il poliziotto, in tono inequivocabilmente seccato.

«Arrivo!» Alex lo guardò per un lunghissimo istante, poi chiuse gli occhi e brontolò qualcosa sul fatto che era il solito idiota sentimentale. «Dove hai posteggiato la macchina?»

«Non è mia, è di un'amica. È in fondo alla strada, girato l'angolo. Qui davanti i posteggi sono a pagamento e non avevo spiccioli.»

«Grazie a Dio. Va' nel ripostiglio con Osiride.» Aprì la porta e gli posò le mani sui fianchi per spingerlo avanti.

«Aspetta.» Harvey avrebbe voluto solo abbandonarsi al tocco di quelle mani, ma si fece forza. «Non voglio metterti nei guai.»

«Sono già un esperto del settore, grazie. Adesso entra.»

«Non mi serve il tuo aiuto, Alex.»

«Mi dispiace contraddirti, ma direi che ti serve eccome. Un'altra volta.»

Già. Un'altra volta. Quanto gli bruciava, soprattutto adesso che l'orgoglio era l'unica cosa che gli restava. «Me la posso cavare anche sa solo.»

«E come? Vuoi scappare dal retro, sperando che non ti

sentano? Entra,» insistette l'altro spingendolo nello sgabuzzino buio. «Te la senti di stare qui per un po'?»

Harvey radunò i residui di forza che gli restavano e annuì, come se fosse una cosa che faceva tutti i giorni.

Alex si girò verso Osiride. «Anche tu, cane.» Evidentemente riluttante a spingerlo dentro, aspettò che il cane obbedisse.

Osiride fissò la porticina, sbavando.

«Entra,» ripeté, dandole un calcetto con estrema cautela per convincerla a seguire il padrone.

Osiride sobbalzò, come se avessero cercato di ucciderla.

Alex sembrava più spaventato del cane. «Su, ti chiedo solo di entrare in quel dannato sgabuzzino.»

«Qui,» sussurrò Harvey, tirando dentro Osiride. Quando il cane gli si sdraiò in grembo, si lasciò sfuggire un gemito.

«Non fare nessun rumore,» ordinò Alex sottovoce. Un attimo dopo aveva chiuso la porta e se n'era andato.

Harvey rimase seduto al buio, con la sua bambina di settanta chili. Si era già trovato in situazioni spiacevoli, ma quella era decisamente la peggiore. «Andrà tutto bene» sussurrò.

Osiride si girò sul suo grembo, rischiando di spezzargli le gambe, e gli posò il naso caldo e umido sul collo. Muoveva le zampe su e giù, tutta agitata, pronta a mettersi a giocare.

«Non siamo qui per divertirci,» mormorò Harvey. «Zitta, adesso.»

Ma Osiride doveva essere convinta che si trattasse di un gioco, perché continuava a muoversi e a sbavare, costringendo Harvey a manovre disperate per impedirle di fare rumore. «Lo so che vuoi giocare,» sussurrò, passandogli un braccio intorno al collo massiccio, «ma adesso devi aspettare.»

Le gambe gli facevano un male del diavolo, schiacciate dal peso di quel cane enorme, ma lo sgabuzzino era troppo piccolo per cercare una posizione più comoda. Con grande sforzo riuscì a tirarsi indietro e a lasciare a Osiride lo spazio per scendere dal suo grembo.

Andava un po' meglio. Non sapeva su che cosa si fosse sdraiata ma bastava che fosse qualcosa di comodo e soffice.

Osiride si rese conto che non era il caso di giocare e si accoccolò accanto lui.

Era completamente buio. Harvey sentiva la voce di Alex e quella del poliziotto, ma non riusciva a distinguere le parole. Si lasciò sfuggire uno sbadiglio. Era da giorni che dormiva male, e tutta la stanchezza accumulata gli stava piombando addosso, la sentiva in tutto il corpo e nei pensieri sempre più confusi.

Non addormentarti, si ordinò. Osiride invece dormiva già. Il suo respiro pesante e regolare lo faceva sentire ancora più esausto.

Contare non servì a niente. E nemmeno pensare a tutti i guai che stava attraversando.

Alex.

Avrebbe pensato ad Alex. A quel suo sorriso che si trasmetteva anche agli occhi. Ian non sorrideva mai in modo così sincero.

Perché non se ne era accorto prima?

Di Alex gli piaceva anche la voce.

In un passato non troppo lontano una voce così avrebbe potuto farlo innamorare, ma non adesso. Innamorarsi significa fidarsi ed era un errore che non avrebbe commesso mai più.

«Andrà tutto bene,» sussurrò al cane addormentato. Sperò di avere ragione, mentre si raggomitolava e chiudeva gli occhi.

Il sergente Stuart esaminò la sala d'attesa dello studio con uno sguardo acuto, che non si lasciava sfuggire nulla, ma per fortuna non c'era niente da vedere.

Non in quella stanza, almeno, si disse Alex.

«È proprio sicuro di non avere fissato nessun appuntamento per oggi?» chiese di nuovo il sergente.

«Come le ho detto, siamo chiusi,» rispose Alex. «Sono le mie sorelle a gestire lo studio e adesso si trovano tutte e due in vacanza per qualche settimana.»

«Lei non è un fotografo?»

«No: Sono un giornalista.»

«E se qualcuno telefona per fissare un appuntamento?»

«Prendo nota.»

Il sergente Stuart socchiuse gli occhi e lo osservò con attenzione. «Ma non apre lo studio per fare fotografie?»

Harvey che mi hai combinato? «Ha mai provato a fotografare un bambino piccolo? O una studentessa il giorno del diploma? È peggio di un incubo.»

Stuart annuì lentamente senza smettere di esaminare la

stanza. «Mia figlia fa parte della categoria. Pensa solo al trucco, ai ragazzi, a guardarsi allo specchio e ancora ai ragazzi.»

«Esattamente.»

«Quindi se qualcuno chiedesse un appuntamento non lo riceverebbe e gli direbbe di rifarsi vivo al ritorno delle sue sorelle?»

Alex evitava di guardare la parete su cui si apriva la porta dello sgabuzzino. Se Harvey o Osiride avessero fatto il minimo rumore, anche solo uno starnuto, sarebbero finiti tutti in grossi guai.

Che cosa diavolo gli era passato per la testa, quando si era offerto di aiutarlo? Era impazzito?

Forse sì, ammise. Gli era bastato guardare quegli occhi bellissimi, ma troppo vulnerabili, per perdere la testa.

E adesso gli toccava mentire. «Certo che non lo riceverei. Ma qual è il problema?»

Stuart si guardò intorno un'ultima volta. «Sto cercando un uomo della sua età, circa, potrebbe avere bisogno di fotografie del cane che ha rubato. In questa zona ci sono soltanto due studi fotografici, e così…» si diresse verso la porta.

Alex lo seguì, sperando che fosse tutto finito, ma naturalmente sarebbe stato chiedere troppo.

Stuart ebbe altro da aggiungere. «Le lascio il mio biglietto da visita. Se si presenta un certo Harvey Shalvis con un cane, mi chiami subito.»

Alex prese il biglietto sforzandosi di sembrare tranquillo. «Che cosa gli succederà?»

«Ci occuperemo noi di lui.»

Quando l'agente uscì, Alex si appoggiò alla porta e tirò un profondo respiro. In fondo era un giornalista, il suo lavoro consisteva nel trovare delle storie e raccontare la verità. Tutta la verità e nient'altro che la verità.

Qui una storia c'era, una storia interessante anche. Peccato che lui non ne sapesse niente.

Ma avrebbe rimediato al più presto.

Attraversò la stanza e aprì la porta dello sgabuzzino.

Non sapeva esattamente che cosa aspettarsi, ma senz'altro non la scena che si trovò davanti.

Harvey si era addormentato su un cumulo di animaletti di peluche che le sue sorelle usavano per le foto con i bambini.

Appena Alex accese la luce, Harvey si alzò a sedere di scatto, battendo le palpebre con occhi assonnati. Era intontito, scarmigliato e confuso.

E sexy. Estremamente sexy.

«Davvero ti sei addormentato?» chiese Alex, cercando di non guardarlo troppo. Avrebbe dovuto sembrare ridicolo in mezzo a tutti quei peluche, invece era caldo e invitante. Gli sembrava che se si fosse chinato su di lui, lo avrebbe accolto a braccia aperte.

«Stava cercando me?»

Alex fissò quegli occhi del colore di una tempesta in arrivo. «Lo sai benissimo.»

«Non riuscivo a sentire quello che dicevate,» spiegò, posando l'orso di peluche che stringeva tra le braccia.

«È difficile ascoltare un discorso quando si dorme.»

«Non dormivo.»

Ma Alex l'aveva visto e ancora non riusciva a credere che la sua stanchezza avesse potuto vincere la paura della polizia. «Penso che dovremmo partire dall'inizio, Harvey.»

«Dall'inizio?»

«Osiride è davvero così unica?»

Harvey lanciò un'occhiata al cane che dormiva pacificamente. «Sì.»

«E perché?»

«È un campione di razza,» rispose accarezzando il cane.

«Vale a dire?»

«Come ti ho detto prima, ha sviluppato al massimo grado le caratteristiche della sua razza. Il colore del manto è perfetto. La focatura, il colore del muso. È un campione magnifico. Le basta partecipare a una sfilata per vincerla.»

«E i premi che riceve ti fruttano un sacco di soldi?»

«No,» rispose con smorfia. «Per quanto possa sembrare strano a una persona che non fa parte del giro, non lo facciamo per i soldi. È soprattutto una questione di prestigio. Di gloria.»

«Ah…» Alex guardò Osiride e cercò d'immaginare quale gloria ci potesse essere nel far sfilare un cane su un palco di fronte a un pubblico di fanatici.

«Osiride, porta con sé il prestigio e la gloria e li dona al suo proprietario.»

Alex si sfregò le tempie. «Non ci capisco ancora niente. Per ora so soltanto che non hai ucciso e non hai fatto del male nessuno.»

Harvey uscì dallo sgabuzzino. Quando Osiride si accorse che il suo amato padrone non c'era più, sollevò la testa e spalancò la bocca in uno sbadiglio che avrebbe potuto inghiottire la testa di un bambino. Poi cercò di alzarsi e scivolò giù, agitando le zampe in cerca di un punto di appoggio.

«Piano, cara,» mormorò Harvey, accarezzandole la testa massiccia.

Quando riuscì finalmente a uscire dallo sgabuzzino, il cane gli saltò addosso con un entusiasmo che rischiò quasi di farlo cadere.

Harvey guardò Alex con un sorriso triste. «Mi vuole bene.»

«Ne sono convinto.» Per un brevissimo momento desiderò essere l'oggetto di un amore così profondo ed esclusivo, poi immaginò quanto dovesse mangiare ogni giorno una bestia come quella e rabbrividì.

Non aveva mai avuto un cane e non ne sentiva la mancanza.

Harvey accarezzò la testa di Osiride, mentre il sorriso gli svaniva dal volto. «L'ho rubata al mio fidanzato.»

Alex non riusciva a decidere se gli desse più fastidio avere mentito alla polizia per un dannato cane o sapere che Harvey aveva un fidanzato.

Ma in fondo la cosa non lo riguardava. Era soddisfatto della sua vita e aveva già fissato una serie di appuntamenti piccanti per i giorni successivi. Appuntamenti con uomini che non lo avrebbero costretto a pensare, a sognarli o a desiderarli.

Con Harvey, invece, sarebbe stato tutto diverso e solo quello gli sembrava un ottimo motivo per metterlo alla porta.

«Quando ci siamo lasciati,» proseguì Harvey «Ian ha voluto tenere Osiride.»

Si erano lasciati, bene.

«Vale parecchi soldi,» ammise Harvey, «ma a Ian importa solo il prestigio. È una campionessa, ha un pedigree favoloso. Voleva che io l'allevassi e addestrassi i suoi discendenti.»

Alex scosse la testa: «Sembra una lotta per ottenere l'affidamento.» Non riusciva a crederci. «E tutto per un cane?»

«C'è dell'altro, Alex.»

«Ne sono convinto, altrimenti non saresti ricercato dalla polizia. Che hai fatto, l'hai portata via nel cuore della notte? E per caso hai anche rubato l'argenteria e i soldi che il tuo ex teneva in casa?»

Negli occhi gli passò un lampo di rabbia. «Ho preso soltanto Osiride. Ma avevo un'ottima ragione.»

Accidenti, si era lasciato coinvolgere in una stupida lite su un cane. E perché? Soltanto perché non riusciva a dimenticare quella sera di tanti anni prima. Perché era un idiota. «Quindi Ian lo considerava un semplice investimento, mentre per te è una specie di sorella?»

«È peggio di quanto credi.»

Sembrava solo al mondo e sul punto di scoppiare in lacrime, era disperato. Alex tirò un profondo sospiro. Si lasciava sempre intenerire dalle persone in difficoltà.

E da quel ragazzo in particolare. Possibile che una relazione brevissima e lontana nel tempo gli sembrasse ancora così importante? «Mi dispiace,»» sussurrò. Avrebbe voluto mostrarsi più freddo, ma Harvey sembrava agitato, solo e spaventato: non poteva abbandonarlo in un momento così. «Raccontami tutto.»

«Ho lasciato Ian perché era troppo possessivo.»

Il tremito della sua voce catturò l'attenzione di Alex. Osiride era seduta ai piedi di Harvey, con il naso umido. Ansimava con un palmo di lingua fuori dalla bocca e fissava il padrone con uno sguardo di amore e venerazione assoluto. Harvey le posò una mano sulla testa e sospirò. «Andava sempre peggio, e poi ho scoperto qualcos'altro su di lui.»

«Era violento?» azzardò Alex, preoccupato.

Quando Harvey chinò la testa, lui fece un passo avanti e gli posò dolcemente una mano sul braccio.

«È iniziato tutto quando Osiride ha perso un concorso. Era una giornata caldissima e lei si stava annoiando. Ian voleva vincere a tutti i costi, perché c'era anche il suo rivale numero uno. Però mettersi a urlare davanti al cane non è stata la soluzione migliore. E alla sfilata Osiride era nervosa e zoppicava, come se le facesse male l'anca: Credo che Ian l'abbia presa a calci.»

«Credi o ne sei sicuro?»

«Ne sono sicuro.» La voce gli tremò. «Una settimana dopo l'ho visto mentre cercava di convincerla a entrare nella cuccia. Osiride non voleva e le ha dato di nuovo un calcio.»

Alex guardò i grandi occhi scuri di Osiride e cercò d'immaginare qualcuno con il coraggio di prendere a calci un cane che gli arrivava ai fianchi e pesava quasi più di lui. Ma non era importante. Alex detestava la violenza, soprattutto quando prendeva di mira gli innocenti e Osiride, per quanto grande, era senza dubbio un essere innocente. Sforzandosi di restare calmo chiese: «E tu? Non ha picchiato anche te, vero?»

«Non ne avrebbe avuto il coraggio.»

O forse non ne aveva avuto l'occasione. Dannazione, perché quel ragazzo era entrato di nuovo nella sua vita? Perché proprio lui? Non se la sarebbe mai sentita di abbandonarlo.

«Adesso capisci perché non voglio che Ian la riprenda?» chiese Harvey, pallido e determinato.

«D'accordo.» Alex si passò le mani trai capelli e cercò di riflettere. «Puoi provare che Osiride è tua?» Harvey si limitò a mordersi il labbro inferiore. «No, vero? Ed è per questo che sei fuggito con lei.»

«Posso provare che era *anche* mia, ma non basta. Potrebbero decidere di affidarla a tutti e due e non lo permetterò mai. Quando era piccola ho contribuito alle spese del veterinario e del cibo, ma non posso dimostrarlo, perché non ho tenuto le ricevute.»

Harvey si chinò ad abbracciare Osiride, che gli leccò un orecchio, poi sollevò lo sguardo verso Alex e lo fissò con due occhi imploranti. «L'unica cosa di cui ho bisogno sono le foto di Osiride. Voglio darle a un regista che conosco. Mi potrebbe procurare un contratto per delle pubblicità.»

«Vale a dire dei soldi.»

«Sì.»

«E hai bisogno di soldi per…»

«Per sparire.» Harvey premette il viso contro il collo di Osiride. «Ian mi ha prosciugato il conto corrente.»

Alex lesse nei suoi occhi il dolore e l'umiliazione e sentì un nodo alla gola. «E la tua famiglia non ti può dare una mano?»

«C'è solo mia madre. Non… non siamo molto uniti. E poi lei non ha mai un soldo.»

«Capisco.»

Il ragazzo era davvero solo. Avrebbe dovuto lasciarlo uscire dallo studio e dalla sua vita. Ma non se la sentiva, non voleva che se ne andasse. Non voleva passare i prossimi quindici anni a chiedersi che cosa sarebbe successo se…

«Bene.» Harvey abbozzò un sorriso forzato e raccolse il guinzaglio di Osiride. «Non so dirti quanto ho apprezzato quello che hai fatto per me.»

Perché Alex gli stava così vicino? Che cosa voleva da lui?

L'aveva ricevuto in studio, aveva scattato le foto che gli servivano, anche se non ne aveva voglia. Non sapeva nulla di cani, ma si era sforzato di sopportare il nervosismo di Osiride.

E aveva mentito alla polizia.

Gli sarebbe bastato quello per essergli per sempre grato, ma adesso si sentiva in debito con lui ed era una sensazione che odiava. Già così era a disagio e il ricordo di come si era comportato in passato non faceva che peggiorare la situazione. Gli sembrava che Alex fosse l'occasione che non aveva saputo cogliere.

«Grazie,» disse sapendo che non era abbastanza.

Alex infilò le mani nelle tasche dei jeans, fissandolo con i suoi penetranti occhi verdi. «Sembra un addio.»

«Mi potresti dare il rullino con le foto di Osiride? Te lo pago e lo faccio sviluppare per conto mio.»

«Dove?»

«In uno di quei laboratori che sviluppano foto in un'ora.» Alex fece una smorfia. «Su non fare lo snob» protestò Harvey, cercando di non fare caso a quanto il suo corpo apprezzasse la vicinanza di Alex. «Devo proprio andare.»

«Certo.» Tirò fuori le mani dalle tasche e gli sfiorò il braccio, poi iniziò ad accarezzarlo fino a quando Harvey si lasciò sfuggire un brivido involontario.

Allora si fermò improvvisamente, come se la sua pelle avesse avvertito quel movimento impercettibile.

«Ti ricordi quella sera, Harvey?» gli sussurrò. «Il ballo?»

Harvey chiuse gli occhi e gli sembrò di tornare indietro nel tempo. «Certo che me lo ricordo.» Aveva tutto impresso nella memoria, con una chiarezza incredibile. «Il ballo del liceo.»

«Eri bellissimo.»

«Stavo con Adam Bennet.»

«La stella della squadra di football.» La voce gli si indurì. «Un cretino di prima categoria.»

Harvey aprì gli occhi, ma le immagini non persero la loro intensità. «Se ne è andato e mi ha lasciato da solo nel parcheggio, perché non volevo…»

«Sì.» Lo sguardo di Alex era troppo intenso. «E io ti ho accompagnato a casa.»

Harvey era salito in macchina, chiedendosi se tutti fossero come Adam. «Non hai detto niente, non mi hai fatto notare come ero stato stupido ad andare con lui, non mi hai fatto osservazioni su come ti trattavano i miei amici.» Ancora adesso non smetteva di stupirsi. «Ti sei limitato ad accompagnarmi a casa, a quella dannata roulotte in cui abitavo. Mi hai accompagnato alla porta e poi…»

Alex lo guardò con un mezzo sorriso. «Quel ricordo mi ha fatto sognare per anni e quante volte mi ha portato alla masturbazione.»

Alex gli stava fissando la bocca e lo stomaco gli si strinse di nuovo. «Era soltanto un bacio,» biascicò.

Alex continuò a sorridere. «Lo dici tu. Dovresti sapere che io non l'ho mai dimenticato.»

«Nemmeno io,» ammise Harvey. Era stato diverso da tutte le esperienze di quegli anni. Alex non gli aveva dato un bacio umido e goffo e non aveva cercato di infilargli la mano nelle mutande.

La sua bocca era stata delicata, tenera e incredibilmente eccitante. Gli sarebbe piaciuto che non finisse così. Era sicuro che anche lui avesse rimpianto di non aver saputo cogliere l'occasione.

In quel momento le loro bocche si toccarono quasi, anche se Harvey non avrebbe saputo dire chi dei due si fosse avvicinato all'altro. Era come ipnotizzato e non riusciva a distogliere lo sguardo.

Anche Alex lo fissava, senza dire una parola.

Poi emise un gemito soffocato e fece un passo indietro. «Accidenti non ci riesco.»

«A fare cosa?»

«A lasciarti andare, sapendo che sei nei guai.»

Non ricordava quando era stata l'ultima volta che qualcuno l'aveva guardato così, come se fosse davvero importante, e gli venne un groppo alla gola. «Salvi sempre i ragazzi in difficoltà?» gli chiese, sperando di alleggerire l'atmosfera.

«Soltanto te, si direbbe. Dove hai intenzione di andare?»

«Tanto non ti interessa.»

«Invece sì.»

«Se non te lo dico tra noi non cambierà niente. Resteremo due persone che sono andate al liceo insieme e poi si sono perse di vista.» Harvey si girò. «Tu non so nulla di te, e…»

«E che cosa?» Alex lo costrinse a girarsi e a guardarlo in faccia. «Non sai niente di me? Eccoti servito. Sono qui per sostituire le mie sorelle. Ho una famiglia meravigliosa, che non vedo abbastanza spesso. Faccio il giornalista. Mi occupo soprattutto di storie difficili. E m'interesso di fotografia, ma sono solo un dilettante e non avevo mai fotografato un cane prima di oggi. Le ultime due settimane sono state la prima vacanza che mi sono preso da…» aggrottò la fronte, «da sempre. C'è qualcos'altro che vuoi sapere?»

«Alex…»

«È da quando sono uscito dal college che giro per il mondo, scrivendo reportage.» Si chinò per guardarlo negli occhi. «Non sono mai stato a casa per più di cinque giorni di fila da quando mi sono diplomato e adesso ci siamo incontrati di nuovo.» Gli accarezzò la guancia, scuotendo la testa. «Non ti sembra strano? O sarà stato il destino?»

«Io non credo nel destino,» rispose secco Harvey. «Posso avere il rullino, per favore?»

Alex gli sistemò dietro l'orecchio una ciocca ribelle. «Hai l'aria stanca,» gli sussurrò dolcemente.

Non sapeva quanto avesse ragione. Era da giorni che non

si concedeva un vero sonno ristoratore. «Non ho tempo per riposare, non ancora.»

«Hai gli occhi gonfi,» continuò l'altro, sfiorandogli gli zigomi con un dito. «Dove hai dormito?»

Sul sedile di un'auto troppo piccola, ma non voleva sembrare patetico e l'orgoglio gli impedì di dire la verità. «Me la caverò.» Protese la mano per avere il rullino. «Quanto ti devo.»

«No,» gli rispose Alex in tono asciutto.

«No?» Il panico iniziò a farsi sentire. «Ne ho bisogno.»

Alex sospirò. «Certo che lo puoi avere. Però non voglio essere pagato. Non è il caso di restare qui, ma se vuoi possiamo sviluppare le foto da me. Permettimi di darti una mano.»

Harvey lo guardò sospettoso ma allo stesso tempo desideroso di fidarsi di qualcuno. «Perché?»

«Perché?» Alex sembrò stupito dalla domanda. «Ti sembro il tipo di uomo che ti lascerebbe andare via, dopo che mi hai descritto la situazione in cui ti trovi? Sapendo che il tuo ex potrebbe scovarti da un momento all'altro? Con la polizia alle calcagna? Spaventato, solo, distrutto, affamato senza un soldo?»

La gola gli bruciava sempre di più. «Sto be…»

«Non dirmi che stai bene. Non mentirmi.»

«Con quelle foto andrà tutto bene…»

«Bene?» gli fece eco l'altro, con una risatina scettica. «Il tuo concetto di bene non mi convince per niente, Harvey.»

«Sono sicuro che questa sera avrai da fare qualcosa di meglio che sviluppare quel rullino.» Non sapeva nemmeno lui perché cercava di respingere il suo aiuto. Forse la preoccupazione nella sua voce l'aveva turbato, forse non voleva fidarsi di un uomo in grado di sciogliere le barriere protettive che si era costruito attorno con tanta cura.

«Per adesso il mio unico programma per la serata è chiudere questo posto per evitare di ricevere qualche altra visita imprevista.» Alex coprì la macchina fotografica e chiuse la porta dello sgabuzzino. Poi tornò da lui, gli prese la mano e gli diede il rullino. «Non posso costringerti a fidarti di me o ad accettare il mio aiuto.»

«Vero,» convenne Harvey.

«Ma te lo chiedo di nuovo. Per favore.»

Harvey si mise in tasca il rullino, diviso tra la voglia di scappare e l'istinto che gli suggeriva di restare. «Alex...»

«Lo so,» la sua voce era bassa e roca. «Nemmeno io vorrei l'aiuto di nessuno.»

«Me la caverò.»

«Sì.» Gli posò di nuovo la mano sul braccio.

Quel semplice contatto ebbe l'effetto di una scarica elettrica.

«Ma sono solo parole inutili. Che tu voglia o no ti dovrai arrendere. Allora che succederà?» Alex riprese ad accarezzargli dolcemente i capelli. «Lascerai che ti portino via Oside? Che la restituiscano al tuo ex? Ti macchierai la fedina penale senza motivo?» Gli posò le mani sulle spalle e lo massaggiò delicatamente nel punto in cui la tensione si era accumulata.

Harvey era sul punto di sciogliersi.

Poi le dita di Alex scesero ad accarezzargli il collo. Harvey chiuse gli occhi, turbato dalla risposta del proprio corpo. Era da tanto tempo che non reagiva così alla vicinanza di un altro uomo. «Non mi farò prendere,» sussurrò.

«Non meriti di trovarti in una situazione del genere. Vieni via con me.» La bocca di Alex era vicinissima al suo orecchio. I loro corpi si sfioravano. «Posso sviluppare il rullino a casa mia.»

«Avevo capito che non eri un fotografo.»

«Non sono un professionista. Ma ho ereditato la passione per la fotografia da mio padre. Vieni con me.»

A casa sua. «Non… non posso.»

«Preferisci dormire di nuovo in macchina?»

Harvey sollevò lo sguardo. «Non ti ho mai detto di aver dormito in macchina.»

«Non ce n'era bisogno.» Alex si scostò e iniziò a spegnere le luci, con movimenti lenti e sicuri.

Ogni volta che passava accanto a Osiride, il cane lo guardava con espressione assorta, come se dovesse ancora decidere se fidarsi di lui o meno.

Harvey era nella stessa situazione.

Alle fine Alex si fermò proprio di fronte a lui. Era rimasta accesa un'unica luce nella sala d'attesa. «Di che hai paura? Temi che ti possa saltare addosso?»

Harvey si sforzò di ridere. «Non mi fai paura.»

Ma non era vero, perché Alex stava minacciando una parte di lui che nessuno aveva mai intaccato.

Il suo cuore.

«Non avrai paura, ma sei nervoso» osservò Alex, posandogli una mano sul braccio. Continuava a toccarlo come se fosse la cosa naturale del mondo. «Ti capisco,» riprese, «dopo tutto quello che hai passato. Ma non ce n'è bisogno.» Lo guardò negli occhi. «Non farò niente che tu non voglia.»

Harvey trattenne una risata al pensiero di quello che gli sarebbe piaciuto che lui gli facesse. «Non mi togli mai le mani di dosso,» osservò.

«È vero,» mormoro Alex, senza smettere. «Non riesco a farne a meno. Ti dà fastidio?» Mentre glielo chiedeva gli passò un braccio intorno alla vita.

Gli dava fastidio? Non lo sapeva, ma senz'altro il suo cuore ne stava risentendo, perché batteva sempre più forte.

«Harvey.»

«No, ma mi dà fastidio.» Posò la mano su quella di Alex. «Ma dovresti sapere che non mi interessa…» Si interruppe perché in verità gli interessava eccome. Gli interessava fin troppo.

Le dita di Alex gli sfiorarono le labbra, come per impedirgli di dire altre bugie. Intanto gli fissava la bocca con un calore che gli faceva tremare le ginocchia. Nei suoi occhi leggeva un'incertezza, grande quanto la propria. Lo strano sentimento che li univa doveva turbare anche lui.

Meglio così.

Se erano tutti e due agitati avrebbero lasciato perdere.

«Vieni con me,» insistette Alex. «Mentre sviluppo il rullino potrai dormire. Così ti riprenderai e partirai in perfetta forma. D'accordo?»

Una notte. Era una proposta allettante. Poi se ne sarebbe andato da solo, con l'unica compagnia di Osiride.

E non chiedeva altro. «Solo per una notte?»

«Solo per una notte.» Senza spostare la mano dalla sua schiena, Alex si chinò in avanti per spegnere la luce. I loro petti e le loro gambe si sfiorarono, strusciando involontariamente i loro membri, ambedue eccitati. Harvey si sentì improvvisamente debole. Proprio in quel momento intuì che cosa gli sarebbe piaciuto fare quella notte, *fare l'amore con Alex*. Ma la sola idea lo sconvolgeva.

Al contatto con quel corpo caldo, sodo e muscoloso, e quel membro duro non riuscì a trattenere un gemito, molto simile a quelli che emetteva Osiride quando voleva essere accarezzata.

Gli occhi di Alex, scuri e pieni di calore, si posarono su di lui. «Ti senti bene?»

Per niente. Si sentiva in fiamme e gli sembrava di essere senza forze. «È solo che… non sono abituato a…» si interruppe, imbarazzato. «Beh, lo sai.»

«Sì. Non riesco a trattenermi, Harvey. Sei bello, brillante, affascinante.» Quando Harvey rise e cercò di distogliere lo sguardo, Alex lo strinse più forte. «Mi ecciti, lo hai sempre fatto,» sussurrò. Gli prese la mano e la posò sopra il proprio sesso: «Lo senti come è duro?»

«Davvero ti ho sempre eccitato?»

«Davvero. Ma si dà il caso che io sia capace di controllarmi. Svilupperemo il rullino da me solo perché non è sicuro restare qui. E tu ti godrai un meritato riposo. D'accordo?»

Harvey lo guardò a lungo, poi annuì. «D'accordo per il rullino e il riposo. Però non so se sia il caso che mi fermi a dormire.»

«Allora facciamo una cosa per volta,» propose, continuando a fissarlo con quel suo sorriso dolce e pieno di calore.

«Sì,» sussurrò Harvey.

Erano troppo vicini nello studio buio e Alex sapeva di essere nei guai. Non riusciva ancora a capire come aveva fatto a cacciarsi in quella situazione.

L'avrebbe portato a casa sua perché aveva bisogno di lui.

D'accordo, forse non era esattamente così. La verità era che non sopportava l'idea di lasciarlo uscire di nuovo dalla sua vita, come se non fosse successo niente.

E in effetti non era successo niente.

A meno di non considerare il modo in cui gli era balzato il cuore in gola appena l'aveva visto. Forse se non l'avesse guardato…

Rivolse lo sguardo a Osiride. «Deve avere caldo,» osservò, notando che ansimava.

«Ha bisogno di bere.»

«Subito.» Alex tornò nella camera oscura e prese un contenitore. Era abituato a muoversi al buio, a differenza di

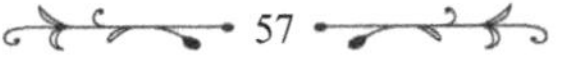

Harvey, che gli finì subito addosso.

«Oh!» esclamò, posandogli una mano sul petto.

A quel contatto leggero il sangue iniziò a pulsargli più forte. Aveva passato tutta l'adolescenza a fantasticare su di lui, ma adesso si sentiva davvero ridicolo. «Aspettami qui.» Riempì il contenitore di acqua fredda, poi lo posò a terra di fronte a Osiride.

Il cane si precipitò tra di loro, tuffò il muso nell'acqua e iniziò a bere rumorosamente, lanciando schizzi sul pavimento, sulle scarpe di Alex, dappertutto. Poi sollevò la testa, lo guardò dritto negli occhi ed emise un latrato acutissimo, che quasi gli perforò i timpani.

«Ti sta ringraziando,» spiegò Harvey.

Alex guardò il cane, che aveva il muso completamente bagnato e due rivoli d'acqua che gli colavano giù dalla mascella. Pensò al pavimento bagnato e a cosa avrebbero detto le sue sorelle. Pensò che gli sarebbe toccato ripulire, inginocchiato a terra. «Prego,» rispose con un sospiro. Avrebbe pulito il giorno dopo. Quando la sua vita sarebbe tornata normale e avrebbe potuto di nuovo godersi le sue vacanze.

Proprio allora lo raggiunse il profumo di Harvey e non poté fare a meno di aspirarlo profondamente. Aveva sempre avuto una fissazione per i profumi. All'università lo deridevano per quello. Gli sarebbe piaciuto sprofondare il volto tra i capelli dell'uomo che aveva di fronte. «Andiamo,» lo spronò in tono un po' brusco.

Erano già sugli scalini esterni quando sentì una macchina che si fermava. Accanto a lui Harvey si irrigidì e Osiride ebbe la stessa reazione.

Alex guardò verso la strada, teso a sua volta. Accidenti, come aveva fatto a dimenticare una cosa che solo poche ore prima gli sembrava importante.

Aveva un appuntamento con… *Al diavolo!* Non ricordava nemmeno come si chiamava. Si erano incontrati due sere prima in un locale terribilmente rumoroso.

Erano d'accordo d'incontrarsi là davanti alle sei. Possibile che fosse già così tardi? Un'occhiata all'orologio gli rispose di sì.

«Ehi!» Un ragazzo gli fece cenno dalla macchina parcheggiata in seconda fila. Poi saltò giù con i lunghi capelli biondi. Le gambe affusolate iniziarono a camminare verso di lui. Si avvicinava sorridendo.

E pensare che solo poche sere prima l'aveva trovato sexy. Ora, anche se non era bello ammetterlo, gli sembrava solo un giocattolo e Alex non riusciva a capire perché gli avesse chiesto di uscire. Di che cosa avrebbero parlato? Non avevano niente in comune e non era neanche lontanamente paragonabile a…

Harvey.

«Ciao,» esordì il biondino. Lanciò un'occhiata incuriosita ad Harvey. Non sembrava ostile. Probabilmente gli sembrava troppo normale, troppo tranquillo, troppo riservato per attrarre uno come Alex. Ma si sbagliava di grosso. Alex si stava rendendo conto che la sua espressione dolce e quell'innato buongusto nella scelta dei vestiti lo rendevano più desiderabile di quanto non avesse immaginato.

«Ciao, Biondo.» Alex gli si avvicinò. «Mi dispiace di…» cominciò in tono di scusa, cercando di stringergli la mano per evitare che lui lo salutasse in modo troppo caloroso.

Ma tutte quelle precauzioni non servirono a nulla. Il biondo gli buttò le braccia al collo e gli diede un bacio.

Harvey seguì tutta la scena e nei suoi occhi Alex scorse una luce strana. Sembrava ferito e quello sguardo fu come un pugno nello stomaco.

«Aspetta di vedere che cosa mi sono messo sotto i pantaloni,» gli sussurrò il biondo all'orecchio.

«Mi dispiace, ma…» protestò lui divincolandosi.

«Non vuoi più uscire con me!» singhiozzò il biondo.

«È solo che c'è qui un mio vecchio amico che mi ha chiesto di dargli una mano.»

«Capisco,» rispose quello guardando Harvey con un sorrisino eloquente. «Allora ci vediamo un'altra volta?» I suoi occhi luccicarono pieni di speranza.

Alex lo guardò, poi incrociò le dita e annuì. «Sì, un'altra volta.»

«Allora a presto,» sussurrò il biondo dandogli un ultimo bacio. «Ciao.»

Prima di girarsi verso Harvey, Alex aspettò che il biondino fosse salito in macchina e che se ne fosse andato.

«Vuoi venirmi dietro? Oppure, se preferisci, andiamo con la mia macchina e torniamo a prendere la tua più tardi.»

Harvey lo guardò con un sorriso distaccato e disse freddo: «Ti vengo dietro.» Prese un mazzo di chiavi. «Non volevo scombinarti i piani per la serata.»

«Harvey, mi dispiace. Mi ero proprio dimenticato che…»

«Non ti devi scusare con me. Vediamo di sbrigarci, così potrai tornare dal tuo ragazzo.» Harvey fece per muoversi, ma Alex lo bloccò per un braccio.

«Quello non è il mio ragazzo.»

«Sarà, comunque quei baci dimostravano il contrario.» Harvey si fece largo con uno strattone e si diresse verso la sua auto.

Ian Palmer non riusciva a crederci. Harvey l'aveva piantato. Il suo ragazzo ideale, quello con cui pensava di passare il resto della sua vita se n'era andato.

Nessuno lo aveva mai lasciato.

Quando era piccolo non aveva passato molto tempo in compagnia dei genitori, troppo occupati a fare soldi. In compenso era cresciuto godendo dei frutti del loro successo.

Poi era diventato lui stesso un investitore di successo: macchine di lusso, ville stupende, un conto in banca bello pienotto. Eppure aveva continuato a sentirsi solo.

Finché non aveva incontrato Harvey.

Fin dal primo momento quel ragazzo lo aveva guardato con ammirazione, e a Ian era piaciuto moltissimo. Quando era riuscito a convincerlo ad andare a vivere con lui si era sentito pienamente soddisfatto.

Non gli mancava niente. Aveva acquistato anche un cane, ovviamente un campione di razza. Così il suo orgoglio era stato del tutto appagato.

Adorava sentirsi appagato.

In quel periodo le cose andavano davvero bene. Poi aveva fatto un paio di investimenti sbagliati. Era stato costretto a usare il suo fondo di garanzia e, spinto dalla disperazione, aveva continuato a spendere. In un batter d'occhio il suo conto in banca si era alleggerito pericolosamente, mettendo a rischio le macchine e la villa. E, per finire, anche il suo amato Harvey lo aveva piantato, per di più portandosi via il cane. Quell'animale si era rivelato l'investimento più sensato che avesse mai fatto. Adesso rivoleva tutto indietro.

Soprattutto Harvey.

E Ian Palmer era abituato a ottenere sempre quello che voleva.

Harvey seguì Alex a bordo dell'auto presa in prestito. Non capiva ancora perché gli avesse dato retta. in fondo non aveva idea di dove stessero andando e non sapeva nulla dell'uomo di cui aveva finito per fidarsi. Per la seconda volta.

Alex Flynn. Ancora non riusciva a crederci. Era il ragazzo più interessante del liceo, ma non perché fosse ricco, un atleta o baciasse divinamente. Cosa che, tra l'altro, faceva davvero.

Era solo perché non si preoccupava di quel che gli altri pensavano di lui. Poche persone avevano una sicurezza simile, tanto meno così giovani, e Harvey, all'epoca, ne era rimasto molto colpito.

E lo era ancora.

In più Alex aveva un'altra qualità che non smetteva mai di stupirlo.

La gentilezza.

«Possibile che mi bastino una parola dolce e una carezza per convincermi a seguirlo come un cagnolino?» mormorò tra sé e sé.

Osiride gli scoccò un'occhiata di rimprovero con i suoi grandi occhi scuri.

«Scusa.» Harvey accarezzò la testa massiccia del cane. «Comunque non è stata solo la sua gentilezza,» aggiunse con un sospiro. Inserì una marcia più bassa e seguì l'auto di Alex che stava entrando in un complesso di case unifamiliari di classe e molto New England. «Beh, ti sarai accorta anche tu di quando è bello.»

Osiride sbadigliò.

Entrarono in una stradina secondaria, fiancheggiata da querce, fiori di campo e prati curati. Non si vedeva nessuno steccato, segno che probabilmente i cani non erano benvenuti.

Quando Alex posteggiò, Harvey si fermò accanto a lui, senza però scendere dalla macchina. Non ancora.

Alex uscì e si chinò verso il finestrino con le mani in tasca. Accennò distrattamente alla villetta a due piani di fronte a loro. «È casa mia.»

«È bella…»

Alex scosse la testa e scoppiò a ridere. «Dovresti vederti, hai una faccia sconvolta. Che cosa pensi che ti succederà là dentro?»

«Assolutamente niente.» Harvey si morse il labbro inferiore. «Vero?»

Alex aprì la portiera senza smettere di sorridere ma con una strana tristezza negli occhi.

Harvey si sarebbe aspettato che l'aiutasse a scendere e riprendesse a toccarlo come prima.

Non immaginava certo che gli si accovacciasse accanto e

si limitasse a fissarlo negli occhi.

Harvey restò seduto al suo posto, guardando dritto davanti a sé e fingendo d'ignorarlo.

Ma a differenza di Ian, che sembrava avere sempre molto da dire, Alex non aprì bocca.

Harvey armeggiò con la cintura, aprì il suo zaino e si morse le labbra. «Allora?» chiese alla fine, girandosi di scatto verso l'altro. «Che hai da guardare?».

«Dimmelo tu.»

«Non ho nessuna voglia di giocare agli indovinelli, Alex.»

«Bene. Nemmeno io.» Gli posò una mano sulle sue, sopra il volante. «Vieni dentro. Adesso sviluppiamo le tue foto e ti riposi un po'. Tutto qui. Ti piace il programma?»

«Sì. Soprattutto il tutto qui.»

Gli occhi di Alex sorrisero. «Tu sì che sei un ragazzo serio. Un passo alla volta, giusto? Andiamo.»

Un passo alla volta. Sembrava facile. Poco convinto, Harvey scese dalla macchina e prese il guinzaglio di Osiride. Non voleva creargli problemi o essergli d'impaccio, ma era già riuscito a mandargli a monte la serata col biondino.

E, come tanti anni prima, Alex non l'aveva fatto sentire in colpa nemmeno per un attimo. Non gli aveva neanche fatto notare quanto era stato stupido a cacciarsi in quella situazione.

Lo seguì attraverso il giardinetto fiancheggiato dai prati impeccabili delle case vicine. L'erba era così verde e fitta da sembrare finta, i fiori di tutti i colori dell'arcobaleno.

Al confronto il giardino di Ian, con i suoi due alberi in vaso, sembrava spoglio.

«Quelli non hanno bisogno di manutenzione,» spiegò lui, girando la chiave nella toppa. Ancora una volta gli aveva letto nei pensieri. «Io sono quasi sempre via. Non voglio che dei fiori muoiano per colpa mia.» Fece cenno a Harvey di entrare per primo ma lui esitò. «E Osiride?»

«Ha qualche problema a stare al chiuso?»

«No.»

«E allora falla entrare.»

Harvey abbassò lo sguardo verso l'enorme bestione. «Può creare un po' di confusione. Non è molto delicata.»

«Non l'ho avevo notato,» commentò Alex ironico. Poi aspettò che entrasse con la stessa pazienza che aveva dimostrato da quando era entrato per la prima volta nel suo studio. La stessa pazienza di tanti anni prima.

«Sta buona,» sussurrò Harvey a Osiride.

«Fa come se fossi a casa tua.» Alex lo guidò attraverso un ampio salotto, arredato con pochi mobili di quercia, fotografie di mezzo mondo e il più grande divano che Harvey avesse mai visto.

Era verde scuro, coperto di cuscini, e aveva un aspetto così invitante che gli venne voglia di salirci sopra e mettersi subito a dormire. Alex però continuò a camminare e fu costretto a seguirlo.

Si trascinò avanti con un sospiro rassegnato, con Osiride alle calcagna. Le unghie del cane risuonavano seccamente sul pavimento di legno.

Anche la cucina era ampia e ariosa. Sul bancone era posato un cesto di frutta, che gli fece venire l'acquolina in bocca. Accanto c'era del pane. Da quanto tempo non mangiava? Per pranzo si era preso un hamburger, ma non aveva nemmeno fatto colazione.

Alex aprì il frigo. «Sei fortunato. Ieri ho fatto un po' di spesa. Di solito è sempre vuoto. Che cosa vuoi?»

«Le foto.»

«Certo, avrai le tue foto,» ribatté Alex con un accenno d'impazienza. Il primo. «Ma prima devi cenare. Quand'è stata l'ultima volta che hai mangiato? E che cosa hai mangiato?» Lo guardò con attenzione. «Sembra che un colpo di vento ti possa spazzare via. Lasciamo stare, è stupido chiedere a un ragazzo che cosa gli va di mangiare. Risponderà che non vuole niente e poi divorerà tutto il tuo piatto. Mangeremo una zuppa e dei panini,» decise. «Rapido e nutriente.»

L'orgoglio di Harvey lottò contro la sua fame al pensiero di una zuppa calda e di un buon panino. «Sei abituato a nutrire gli estranei dall'aria affamata?»

«Nessuno è perfetto,» ribatté aprendo un barattolo di zuppa e versandolo in una pentola che mise sul fuoco. Poi estrasse dal frigo il necessario per i panini e si mise all'opera, con gesti esperti.

Harvey cercò di non fare caso a quanto fosse sexy mentre spalmava i panini di senape.

«E poi ti ho già detto che non siamo degli estranei.» Alex sollevò la testa e lo fissò con uno sguardo caldo e penetrante. «Non ho mai pensato a te come ad un estraneo.»

Harvey si sforzò di distogliere lo sguardo dal suo e di osservare le dita di Alex che disponeva della lattuga sul pane. Erano lunghe e abbronzate. «Sono passati anni da quando abbiamo finito il liceo,» gli rammentò.

Alex annuì senza rispondere.

Incapace di resistere al richiamo delle spesse fette di tacchino che Alex stava posando sopra la lattuga, Harvey fece un passo verso di lui. «Non hai dimenticato quel che ti ho fatto passare?»

«Non ho dimenticato niente.»

«Non mi sono mai perdonato per come mi sono comportato a quei tempi.»

«Ti piace tanto scontare i peccati degli altri, vero?» Gli occhi verdi di Alex lo fissarono incuriositi, mentre sollevava la mano e si succhiava una goccia di senape dal pollice. «Non erano i tuoi amici che sognavo tutte le notti.»

«Oh!»

«Già.» Alex lo guardò sorridendo. «Oh!»

Harvey ricambiò il suo sguardo malizioso, e il cuore iniziò a battergli più forte. «Davvero sognavi...»

«Non hai idea di quanto fantasticassi su di te in quel periodo, quante seghe.»

«Su di me?»

«Esatto.»

«Ma è...» *Emozionante. Lusinghiero. Spaventoso.* «È disgustoso.»

Alex continuò a sorridere con aria noncurante. «Lo fanno tutti a quell'età, anche tu, ma non pensando a me». Tornò a dedicarsi ai panini e aggiunse del formaggio.

«Davvero facevi dei... dei sogni erotici su di me? E ti facevi tante seghe?»

«Proprio così.» Alex si succhiò di nuovo il dito, chiudendo gli occhi. «Dei bellissimi sogni,» mormorò con voce roca. «Ti ho mai detto che ho una grande immaginazione? Spesso mi svegliavo bagnato, venivo nel sogno insieme a te.» Il suo sguardo sembrava bruciare, mentre lo esaminava dalla testa ai piedi, per poi ricominciare di nuovo più lentamente. «Però nemmeno nel più vivido dei miei sogni sono riuscito a renderti più bello della realtà.»

Versò la zuppa in una scodella, posò il panino su un piatto che riempì a metà di patatine e gli mise il tutto davanti. «Buon appetito,» gli augurò, facendogli cenno di sedersi su uno sgabello davanti al bancone.

Poi tornò al piano di lavoro e tagliò altro tacchino e formaggio. Li mise in una ciotola e lanciò un'occhiata a Osiride. «Guarda che cosa c'è, cane,» avvertì, posandola a terra.

Osiride si avventò subito sulla ciotola e Alex rischiò di cadere a gambe all'aria, mentre cercava di spostarsi.

Harvey avrebbe riso, ma era troppo colpito dal fatto che Alex avesse dato da mangiare al cane di propria iniziativa.

«Però!» commentò, osservando Osiride.

Il rumore del cane che masticava riempì tutta la stanza. In due secondi spazzò via il contenuto della ciotola, senza mai smettere di scodinzolare.

«Le è piaciuto,» sussurrò Harvey.

«Si vede che moriva di fame,» ribatté Alex, impressionato.

«No, mangia sempre così.»

Alex continuò a fissare il cane, evitando con cura di entrare nel raggio d'azione di quella coda che aveva l'aria di poter tagliare un uomo in due. «Accidenti!»

Harvey si portò il panino alla bocca e, al primo morso, gemette quasi di piacere. Mentre mangiava si rese conto che Alex non lo perdeva mai d'occhio. La costante attenzione che gli riservava l'infastidiva e lo eccitava nello stesso tempo. «Alex...»

«Sì?»

«Grazie.»

Alex distolse lo sguardo e prese il proprio panino.

Harvey ne approfittò per osservarlo meglio. Si era accorto che il suo ringraziamento l'aveva messo a disagio.

Dopo aver finito di cenare in tutta fretta, Alex sollevò il rullino. «E ora mi metto al lavoro.»

«Sì, ma...»

«Qualche anno fa ho trasformato il terzo bagno in una camera oscura. Se hai bisogno di me mi trovi in fondo al corridoio.»

Evidentemente non voleva essere ringraziato. E va bene. Ma allora doveva smetterla di farlo sentire in debito. Non sarebbe più successo.

Doveva tornare alla sua solitudine, alla stanchezza e alla paura. Doveva andarsene al più presto.

Doveva farlo, soprattutto perché una parte di sé si ostinava stranamente a restare.

Quando Alex sbucò dalla camera oscura il silenzio era assoluto. Gli sembrava eccessivo, considerato che stava ospitando una bestia gigantesca. Incuriosito, attraversò il salotto e andò in cucina.

Era vuota e pulita.

Harvey aveva lavato e riposto tutto, compresa la ciotola in cui aveva mangiato Osiride.

Il cuore gli balzò in gola quando si rese conto che non c'era nessuno. Tornò in salotto di corsa. Se davvero se n'era andato…

Quando si fermò davanti al divano, che prima non aveva degnato di uno sguardo, sospirò di sollievo. Poi si accovacciò per guardare il volto di Harvey.

Aveva gli occhi chiusi le ciglia lunghe e scure che risaltavano sulla pelle di un pallore quasi diafano. I capelli gli ricadevano sulle spalle, che sembravano troppo esili e vulnerabili per essere in grado di sopportare tutti quei problemi. Nel sonno emise un sospiro leggero, quasi un gemito.

«Ssh,» sussurrò e, al suono della sua voce dolce, Harvey si rilassò.

Le dita si mossero da sole e presero a scostargli i capelli dalla fronte.

Fu interrotto da un ringhio sordo.

«Sì, d'accordo,» mormorò senza guardare il cane sdraiato ai loro piedi. «Lo so che è tuo…»

«Non sono di nessuno, io.» Gli occhi di Harvey si spalancarono di colpo. «Non stavo dormendo,» borbottò sulla difensiva.

«Certo che no,» rispose tranquillamente l'altro, sempre accovacciato, il volto a pochi centimetri dal suo. «Mi raccomando, non riposarti, anche se il tuo corpo ne avrebbe un bisogno disperato.»

«Hai sviluppato il rullino?»

«Se ti rispondo di sì, te ne andrai?»

«Devo.»

«Peccato.»

Harvey si alzò e si scostò i capelli dal volto, erano lunghi ma non aveva tempo per tagliarli. «Che vorresti insinuare? Che non mi sono riposato, non ho un piano e secondo te non mi sto comportando in modo saggio?»

Alex gli sorrise, anche se non riusciva a togliersi dalla mente il contatto tra le loro ginocchia quando Harvey si era alzato. Quando si erano sfiorati aveva immaginato di toccare le sue gambe lisce e delicate. «Se lo dici tu,» ribatté. Poi gli posò le mani sulle sue. «Resta per la notte, Harvey. Puoi dormire nel mio letto. Da solo,» si affrettò perplesso. «Recupera il sonno perduto, mangia ancora qualcosa e vedrai che ti si schiariranno le idee.»

«E il tuo appuntamento?»

«Hai sentito anche tu che l'ho annullato.»

«Sì, mi dispiace.»

«È buffo. Per la verità non mi sembri molto dispiaciuto. Hai l'aria stanca, forse un po' fuori forma, ma…»

«Grazie.»

«Ma dispiaciuto nemmeno un po'.»

«Beh, comunque non sono geloso. Puoi fare quello che vuoi del tuo tempo.»

«Certo.» Alex si protese verso di lui e gli passò un dito sul braccio, giocherellando con la sua camicia finché non gli sfiorò la pelle. Gli piaceva toccarlo e gli piacque ancora di più accorgersi che Harvey stava quasi ansimando.

«Ti saresti divertito molto con lui,» sussurrò con voce un

po' incerta. «Scommetto che ti avrebbe... insomma...»

«Forse quell'insomma non mi andava,» ribatté Alex in tono scherzoso. «Non con lui, almeno.»

«Qualsiasi gay degno di questo nome avrebbe voluto passare la notte con un uomo così.»

«Io no. Resta Harvey.»

Un paio d'occhi grandi e indagatori si fissarono nei suoi. «Domani mattina me ne andrò comunque.»

«Va bene.» Alex si sollevò e l'aiuto ad alzarsi.

Quando Harvey barcollò, gli diede una lieve spinta e lo fece cadere tra le sue braccia.

Lo strinse forte e, stranamente, Harvey glielo permise, anzi si appoggiò perfino a lui. Per un attimo.

Poi lo scostò, si passò timidamente una mano tra i capelli ed evitò il suo sguardo.

«Ecco.» Alex gli fece strada lungo il corridoio e gli mostrò il bagno. «Puoi farti una doccia, se vuoi.» Harvey sembrava così riconoscente e felice che Alex distolse lo sguardo, imbarazzato. «Poi...» Aprì la porta della camera con una smorfia, perché non aveva rifatto il letto e non aveva riposto i vestiti del giorno prima, che erano sparsi sul pavimento. Con un calcio ne infilò alcuni sotto il letto, mentre sistemava la coperta, si accorse che Harvey stava sorridendo. «Che cosa c'è?»

«Non avevi intenzione di portarlo qui, allora?»

«Naturalmente no.» Accidenti, il biondo. Il biondo, o come cazzo si chiamava, gli aveva proposto di andare nel suo appartamento. Ma non gli sarebbe importato comunque. Non aveva mai sentito l'esigenza di cambiare il proprio stile di vita per far piacere agli altri.

Eppure, dovette ammettere che, se avesse saputo che Harvey avrebbe dormito nella sua camera, l'avrebbe senz'altro riordinata.

Quando Harvey rise, Alex si mise le mani sui fianchi aggrottando le sopracciglia. «Che cosa c'è di così divertente?»

«È solo che vi stavo immaginando insieme...»

«In che senso?»

Harvey arrossì leggermente. «Sai, lui era così carino e con quel vestito pensavo che tu...»

«Che l'avrei trascinato qui con la clava e l'avrei fatto mio come un uomo delle caverne?»

«Sì.» Harvey si strinse nelle spalle, evitando di guardarlo negli occhi. «Sì. Hai indovinato.»

Evidentemente la sua fantasia doveva essere stata molto precisa, a giudicare dal rossore che gli colorì le guance. E in effetti aveva ragione: se Harvey non fosse comparso la serata sarebbe andata esattamente in quel modo.

Ma adesso c'era lui e Alex non riusciva nemmeno a immaginare di passare la notte con quel ragazzo. *Vaffanculo biondino.*

«Tieni.» Estrasse dal cassetto un paio di pantaloni di una tuta e una maglietta. «Se ti servono dei vestiti puliti per la notte fai pure.»

Harvey li prese e se li strinse al petto, guardandolo con quegli occhi grigi che quindici anni prima gli avevano rubato il cuore.

Ma adesso era più vecchio. E più saggio. «Buonanotte,»

gli disse in tono burbero, allontanandosi.

Quando era già sulla porta, Harvey lo chiamò.

Alex si fermò a malincuore. Voleva solo scappare e non girarsi più a guardarlo. Invece si voltò lentamente e fu subito catturato dai suoi occhi grigi. «Sì?»

«Non voglio rubarti il letto. Per favore Alex, starò benissimo sul divano.»

Aveva lo stesso sguardo smarrito di quella sera al ballo. Sembrava stupito che si preoccupasse per lui. Possibile che nessuno gli avesse mai voluto bene? Si sentì stringere la gola da un groppo di dispiacere. «Dormi nel letto.»

«Alex…»

«Dormi nel letto,» ripeté chiudendo la porta.

Poi fece quello che faceva ogni volta che aveva bisogno di schiarirsi le idee. Uscì e andò a fare una corsa lunga e massacrante.

Quando Alex rientrò la casa era silenziosa.

La porta della camera era chiusa e non c'era traccia del cane. Probabilmente era con Harvey e stavano dormendo tutti e due.

Bene.

Era accaldato, sudato e piacevolmente esausto dopo la lunga corsa, aveva soltanto bisogno di farsi una doccia e di addormentarsi senza pensare a niente.

La prima parte del piano funzionò alla perfezione. Dopo la doccia si distese sul divano, cercò di mettersi comodo e chiuse gli occhi.

Ma a quel punto, nemmeno a farlo apposta, i suoi pensieri iniziarono a divagare.

Harvey era disteso nel suo letto. Con i vestiti che gli aveva dato lui. Era raggomitolato sotto le coperte oppure era sdraiato? Occupava l'intero letto?

Non era poi così importante, purché Osiride dormisse sul pavimento, ma non riusciva a togliersi dalla mente l'immagine di Harvey disteso nel suo letto. Gambe nude, forse una spalla che faceva capolino dalla maglietta e, naturalmente niente slip.

Un pensiero ideale per addormentarsi!

Con un sospiro si girò e guardò il soffitto. L'aspettava una notte interminabile.

«Alex?» Il ragazzo che stava sognando si materializzò all'improvviso accanto a lui. «Non riuscivo a dormire,» sussurrò, chinandosi.

Come Alex aveva sperimentato, la sua presenza era più potente di qualsiasi fantasia. Harvey indossava i pantaloni della tuta, che però gli erano grandi e gli cadevano sui fianchi. Si era annodato la maglietta sopra l'ombelico, lasciando scoperti almeno dieci centimetri di pelle. che gli fecero subito venire l'acquolina in bocca, accidenti.

«Volevo ringraziarti di nuovo,» gli disse a bassa voce.

Alex si sforzò di sollevare lo sguardo e di non fissarsi su quella pelle così vicina e provocante dove dall'ombelico partiva una riga di peluria che andava a nascondersi dentro gli slip. Soffermandosi pure sul collo sottile e sui suoi misteriosi occhi grigi. «Ringraziarmi?»

«Grazie a te ho potuto abbassare la guardia, se non altro per questa notte.»

No. Pessima idea. Non bisogna mai abbassare la guardia.

«Mi hai accolto in casa tua, senza neanche un commento su come sono stato stupido a ficcarmi in una situazione così.»

«Non penso tu sia stupido.»

«Grazie,» riprese lui dolcemente. «Mi hai dato cibo e riparo e...» La voce gli si spezzò. Lo guardò con gli occhi umidi e accennò un debole sorriso.

Al diavolo.

«Alex...»

Alex avrebbe voluto chiedergli di non pronunciare il proprio nome in quel modo, con quella voce lenta e calda che faceva cadere tutte le sue barriere, eccitandolo da morire. Aveva passato anni a costruirsele, da quando era un ragazzino studioso e diverso dagli altri, durante i suoi viaggi per evitare che quel che vedeva e raccontava lo toccasse troppo in profondità. Dovevano servire anche a impedire che qualcuno riuscisse a impossessarsi del suo cuore.

«Partirò domani mattina,» proseguì Harvey con voce roca, «ma adesso voglio tutto quello che ci siamo lasciati scappare tanti anni fa. Voglio passare questa notte con te. Facciamo l'amore, Alex. Per favore.»

Harvey trattenne il fiato, aspettando la risposta. A Ian non era mai piaciuto che fosse lui a fare la prima mossa, ma adesso non aveva esitato a prendere l'iniziativa.

Era stato un errore?

Stare a letto da solo in preda all'ansia non gli aveva fatto bene. Si era sentito meglio solo pensando ad Alex. Nessuno l'aveva mai aiutato in modo così disinteressato e avrebbe voluto dargli qualcosa in cambio.

Ma la sua offerta in verità non aveva nulla di altruistico.

Lo sapeva benissimo, altrimenti non gli sarebbe mancato il respiro ogni volta che lo guardava. Voleva offrirgli molto di più della semplice gratitudine: voleva assaporare quello che aveva perso tanti anni prima. Voleva sentirsi stringere da quelle braccia forti, voleva perdersi in un turbine di passione.

Poi, quando la notte avrebbe ceduto il passo all'alba, si sarebbe alzato e se ne sarebbe andato conservando quei ricordi per sempre.

«Per favore,» gli sussurrò di nuovo, scostando la leggera coperta che avvolgeva l'uomo sul divano.

Quando vide il suo corpo muscoloso, trattenne il respiro. Alex indossava soltanto un paio di boxer grigi, che aderivano alle cosce sode e metteva in mostra un membro ormai duro, che aveva solo un desiderio: sfondare i boxer.

Harvey non riuscì a togliergli gli occhi di dosso.

«Harvey...»

Chiuse gli occhi quando gli accarezzò delicatamente la guancia. Era una sensazione dolcissima, ma Harvey voleva molto di più e Alex poteva dargli quello che desiderava. Per Harvey rappresentava il calore, la forza e la fine della solitudine, anche se per una notte sola.

Gli sfiorò l'accenno di barba che gli ricopriva la mascella, poi accarezzò quella bocca che desiderava sentire sulla propria. «Alex... amami.»

«Stai confondendo la consolazione con il sesso,» replicò Alex con voce roca. «Te lo dice uno che ha commesso più volte lo stesso errore. Non posso permetterti di...»

«Alex...» Harvey si accorse che gli occhi di Alex si scurivano mentre pronunciava il suo nome e lo sussurrò di nuovo. E poi ancora una volta, finché la mano di Alex gli scivolò sulla spalla, gli scese lungo il braccio e intrecciò le dita con le sue.

Quel gesto così dolce e romantico gli fece provare un brivido di desiderio. Non poteva trattarsi di nulla di diverso, senz'altro niente che avesse a che fare con i sentimenti.

«Vorrei che ci fosse qualcosa di più,» disse Alex, come se gli avesse letto nel pensiero.

Forse, ma era impossibile.

Non poteva aspettarsi di più. Una notte di pazzia insieme a lui.

Fiero della propria audacia, Harvey si sfilò la maglietta.

Alex rimase senza fiato. Aprì la bocca e la richiuse con un colpo secco. «Harvey…» ansimò.

«Per favore, non mi respingere.» Harvey gli si sedette accanto con il cuore in gola. Gli sembrava di avere più bisogno di quell'uomo che di respirare.

Con un gemito Alex l'attirò a sé e lo strinse contro il proprio corpo caldo. Il suo respiro gli sfiorava le tempie e i capelli, le sue mani sembravano plasmarlo e prendere possesso di lui, rendendo il suo desiderio sempre più intenso.

Fissandolo negli occhi, Alex si avvicinò ancora di più, finché le loro bocche si fusero in un lunghissimo bacio. Poi iniziò ad accarezzargli i fianchi e gli appoggiò la bocca su un capezzolo. Lo baciò e lo mordicchiò fino a quando Harvey gridò di piacere, inarcando i fianchi.

Harvey aveva già perso il controllo sui battiti del suo cuore e dovette rinunciare anche a quello sui propri sensi. Avevano un'intera notte davanti pensò con un misto di gioia e tristezza. Si ripromise che avrebbe tratto il massimo da ogni ora, da ogni secondo, e si strinse ancora di più contro Alex, strappandogli un gemito soffocato.

«È questo che avevi in mente?» gli chiese lui facendogli scivolare le mani sotto gli slip.

Harvey non riuscì a trattenere un mugolo di piacere.

«È questo?»

«Sì,» ansimò Harvey, mentre le mani di Alex si insinuavano tra le cosce. «Sì,» ripeté, quando gli sfilò lentamente gli slip.

«Così va meglio.» Alex lo buttò sul divano e riprese a toccarlo. «Molto meglio, ma…»

Un uggiolio sommesso riscosse Harvey dal torpore sensuale in cui era sprofondato. Girò di scatto la testa, mentre Alex scoppiò in una risata.

Osiride era seduta accanto a loro, con un paio di slip sul muso, e li guardava con aria perplessa. Uggiolò di nuovo a distanza ravvicinata, investendoli con una zaffata di pesante alito canino.

I muscoli di Harvey, solo pochi secondi prima tesi e tremanti, si rilassarono. «Va a dormire, Osiride. Per favore.»

Il cane si mosse ma continuò ad ansimare.

«Mettiti giù,» la implorò Harvey, «Dai.»

Niente da fare.

Negli occhi di Alex si leggevano insieme frustrazione e divertimento.

«È sempre stata poco obbediente,» ammise Harvey.

«Non ho parole.» Alex esaminò Osiride con diffidenza.

«È una mia impressione o si sta preparando a mordere?»

In effetti Osiride si stava passando la lingua sulle labbra, come se davvero si stesse leccando i baffi pregustando qualcosa da mangiare.

O qualcuno.

«Non preoccuparti, non morde quasi mai.»

«Bene.»

«Potremmo fingere che non ci sia,» gli propose Harvey, speranzoso. «Ignorala!» insistette, chinandosi a baciarlo.

Alex ricambiò con calore, ma i suoi occhi erano sempre fissi su Osiride.

E il cane lo fissava a sua volta.

Harvey gli passò una mano sugli occhi e cercò di baciarlo con maggiore intensità, ma fu inutile. Era evidente che non riusciva a ottenere la sua attenzione. Si sollevò a sedere con un sospiro.

«Di pure che sono troppo puritano,» si scusò Alex, «ma non sono abituato ad avere un pubblico. È piuttosto spiacevole.»

«Già.» Harvey si sentì improvvisamente nudo e si alzò per raccogliere la maglietta e gli slip ancora appese all'orecchio di Osiride.

Prima che potesse indossarli Alex lo raggiunse e da dietro gli cinse il petto con le braccia abbronzate.

«Mi sta ancora guardando?» gli chiese, accarezzandogli i capezzoli.

Harvey era sul punto di sciogliersi, ma riuscì a girarsi verso il cane. che aveva lo sguardo incollato al sedere di Alex.

«Cercherò di non farci caso,» gli promise stringendolo più forte. «Mi piace così tanto toccarti. Harvey. Ma…»

«Niente ma.» Ormai non potevano tornare indietro. Harvey si girò verso di lui e gli mostrò quello che non riusciva a dire a parole. Il membro duro e voglioso che svettava tra le gambe di Harvey si scontrò con quello di un eccitatissimo Alex. I loro corpi aderivano strettamente, i suoi capezzoli incollati al petto di Alex.

«Al diavolo,» mormorò Alex, e con un movimento che lo lasciò a bocca aperta, prese Harvey tra le braccia e si avviò lungo il corridoio.

«Fa presto,» gli sussurrò Harvey, inarcando il corpo nudo tra le sue braccia.

Con un gemito Alex si fermò a metà strada e lo baciò fino a quando non restarono tutti e due senza fiato. «Sei sicuro di volerlo fare?» gli chiese.

«Più dell'aria che respiro.»

Dopo averlo fissato con un sorriso che gli fece raddoppiare i battiti del cuore, Alex gli diede un altro lunghissimo bacio. Poi finalmente lo portò in camera e si chiuse la porta alle spalle con un calcio. Sollevando la testa chiese: «Sa aprire le porte?»

Harvey non riusciva a pensare ad altro che a quel letto invitante. «Chi?»

«La divoratrice di uomini.»

Ma se era lui che lo stava divorando con quello sguardo così intenso! «No, Osiride non sa aprire le porte.»

«Bene.» Lo posò dolcemente sul letto, senza mai smettere

di toccarlo.

A ogni carezza Harvey tremava di più, stringendosi contro di lui. «Alex…»

«Sì.» Le sue dita cominciarono a strusciare delicatamente l'apertura mentre l'altra mano prese il membro di Harvey, strappandogli un gemito roco.

«Adesso!» Harvey sentì la sua stessa voce che gridava. «Ti prego, subito, subito.» Protese le mani verso di lui, ma Alex si sottrasse al suo tocco.

«Se mi sfiori una sola volta finirà tutto prima ancora d'iniziare.»

«E allora ricominceremo di nuovo.»

L'dea gli piaceva, ma Alex si sforzò di mantenere il controllo, anche se le lunghe gambe di Harvey avvolte intorno ai suoi fianchi gli impedivano di pensare.

Iniziò a baciarlo dappertutto, senza smettere di toccarlo. La sua bocca si posava sui capezzoli, sul ventre, sulle cosce, facendolo godere di desiderio.

«Alex!» Harvey chiuse gli occhi e si abbandonò al piacere, con un trasporto che lo eccitò ancora di più.

Alex gli posò la guancia sulla sua, aspettando che riaprisse gli occhi. «Non finisce qui,» sussurrò.

«Sì.» Harvey lo attirò a sé. «Adesso tocca te.»

«A tutti e due» ansimò l'altro, cercando di tenere sotto controllo la passione che minacciava di farlo crollare subito. «Per tutti e due,» ripeté. Posò la bocca su quella dell'amante, poi passò ad assaggiare il sapore di quei capezzoli che non aveva mai smesso un attimo di tormentare con le mani, cominciò a succhiare con forza mentre strofinava i fianchi contro quelli di Harvey che ormai stava andando a fuoco, senza più ragione né pensieri coerenti, un piacere senza nome che lo faceva mugolare incessantemente, mormorando parole non comprensibili.

La bocca di Alex scese lungo il corpo dell'amante fino al membro eccitato all'inverosimile.

Avrebbe voluto leccarlo con calma, giocarci e godersi i gemiti di Harvey, ma non ce la fece. Lo ingoiò completamente facendolo battere in fondo alla gola, artigliandogli i glutei per spingerlo ancora più in profondità.

E mentre Alex succhiava frenetico ogni centimetro di quella carne viva e pulsante Harvey affondava le mani sulle spalle sorreggendosi, la mente che ormai era schizzata via, completamente piena di Alex.

Venne quasi con dolore, tanto era stato intenso il piacere che stava provando e Alex ingoiò tutto, leccando quello che usciva dalle sue labbra per non perderne nemmeno una goccia.

Neanche una.

Alex lo fece voltare di pancia, gli aprì i glutei lubrificandolo ancora una volta con la saliva.

Entrò in lui con un movimento solo, senza incertezze ne titubanze.

E una mano corse a coprire il grido di piacere e dolore di Harvey che lo morse senza più controllo. Si mosse velocemente, con forza, con passione.

Alex affondò i denti nelle labbra facendole sanguinare per

non urlare un piacere ormai incontrollabile e venne con tutta la sua anima, con tutto l'amore represso- Quanto aveva aspettato quel momento.

La mano che masturbava Harvey si riempì del suo seme caldo quando anche lui raggiunse il piacere più grande e completo fra le braccia dell'unica persona capace di farlo impazzire.

Alex portò la mano alla bocca leccando quel meraviglioso nettare mentre scivolava fuori da Harvey che si lasciò cadere sul letto, spossato ed esausto da un orgasmo così assoluto e grande da superare ogni fantasia e ricordo passato.

Alex si svegliò che era ancora buio. Da quello che riusciva a capire doveva trovarsi nel letto, disteso di traverso a pancia in su. Dalla brezza che rinfrescava concluse che la finestra doveva essere aperta. E il peso che avvertiva sul petto era Harvey, che dormiva tra le sue braccia.

Anche lui era completamente nudo e la cosa non gli dispiaceva affatto.

Sorridendo lo scostò delicatamente, poi si insinuò tra le sue gambe, accarezzandogli il membro.

Harvey mormorò qualcosa in tono assonnato e gli passò le braccia intorno al collo. «Alex?»

Dio, quella voce! Lo toccava nel profondo, gli provocava delle reazioni che lo spaventavano troppo per affrontarle, così preferì concentrarsi sugli effetti fisici.

E si accorse di desiderarlo di nuovo. «Sì, sono io. Sei così bello, Harvey.»

«È buio.»

«Non importa.»

«Oh, Alex.»

Inarcandosi, Harvey gli avvolse le gambe intorno ai fianchi.

«Sì, così,» Alex gli sollevò la testa per baciarlo, poi entrò in lui e lo prese di nuovo. E lo portò in un luogo in cui non era mai stato prima, che non aveva mai raggiunto insieme a nessun'altro uomo.

Si erano ritrovati stretti, c'era solo il desiderio di stringersi, di abbracciarsi e godersi quei corpi desiderati da tanto tempo incontrarsi per la prima volta.

Ogni cosa era perfetta. Harvey era caldo, accogliente e nonostante le molte esperienze era abbastanza stretto.

La stanza non era più buia, stava entrando la prima luce del mattino e i ricordi del passato non esistevano più, erano solo un mucchio di immagini e parole.

La stanza era ancora un po' fredda. Harvey, con la schiena appoggiata al letto e le gambe ai fianchi di Alex, non ebbe il tempo materiale di rabbrividire.

Fare l'amore con Alex era più bello che con qualsiasi altra persona. Quando Alex entrò in lui i corpi di entrambi erano tesi.

Ci fu un attimo in cui Alex si fermò a guardarlo. Senza fare altro, solo guardarlo. Era dentro di lui e gli stava invadendo l'anima, con quegli occhi pieni di ammirazione e desiderio.

In quell'attimo, le vite di entrambi ritornarono alla memoria.

Il primo giorno, a scuola e il desiderio di incontrarsi, di amarsi. Il primo e unico bacio. Perdersi e ritrovarsi.

Alex spinse e Harvey gemette.

Si mossero insieme, come fossero una cosa sola. Erano

come una canzone, come la violenza del ritornello che esplode improvvisa e non lascia spazio ad altro. Tutto il resto era solo un crescendo di sensazioni, di emozioni, di vuoti da riempire.

E mancava l'aria. E tornava, a intervalli regolari. Le dita di Harvey sfioravano la pelle di Alex graffiandola. Le gocce di sudore imperlavano la fronte di entrambi, scivolando salate tra le labbra.

Non c'era nient'altro.

Harvey gemette più forte e Alex insieme a lui, ancora abbracciato, lo spinse contro il letto, lasciando che appoggiasse la schiena sul materasso.

Alex si morse le labbra, muovendosi sopra di lui. Buttò la testa all'indietro, in estasi, sorrise quando sentì la mano di Harvey tirarlo verso di lui.

Seduti sul letto, intrecciati morbidamente. c'era qualcosa di vagamente disperato, nel sesso. Dolore. Rabbia. Rancore e mancanza.

E un desiderio spietato che li lasciava vittime uno dell'altro.

Alex strinse il viso di Harvey tra le mani, mentre l'altro si schiacciava contro il suo ventre. Per qualche strano motivo, avevano entrambi le lacrime agli occhi.

Fecero l'amore su quel letto più di una volta. In maniera selvaggia, quasi brutale, ma nessuno dei due si lamentò minimamente di quella condizione. Quando scivolarono dolcemente l'uno vicino all'altro, il sole era già alto nel cielo.

Si erano ritrovati a ridere come due sciocchi, per chissà quale assurdo motivo, forse per un senso di liberazione.

Sghignazzarono entrambi, Alex baciò la spalla di Harvey che sorrise aggrappato alle sue braccia. E si addormentarono.

<hr>

Quando Alex si svegliò di nuovo, socchiuse gli occhi, protese la mano ma non trovò nessuno.

Notando che il cuscino su cui aveva dormito Harvey era freddo, si rizzò a sedere di scatto con il cuore in gola. E si trovò a faccia a faccia con un mostro gigantesco, con due occhi scuri cerchiati di rosso e una bocca capace di ingoiarlo in un solo boccone.

Con un sussulto di terrore, fece un balzo all'indietro.

Anche il mostro arretrò ed emise un latrato acuto e sorpreso.

«Al diavolo!» Alex restò disteso immobile a fissare il soffitto cercando di riprendere a respirare normalmente. «Mi farai venire i capelli bianchi.»

Il letto vacillò sotto il peso di due grosse zampe.

Alex allungò il collo lanciando un'occhiata sospettosa a Osiride. «Immagino che tu lo trovi divertente.»

Il cane sollevò il muso per guardarlo meglio, poi si leccò i baffi, mentre un filo di bava colava sulle lenzuola.

Alex si avvolse rapidamente nelle coperte. «Non farti strane idee. Non sono commestibile.»

«Io non ne sarei così sicuro.»

Alex sollevò la testa e vide Harvey entrare nella stanza. Indossava un paio di pantaloni corti color cachi e una maglietta rossa senza maniche. Era bello come sempre, ma sembrava molto circospetto e a disagio. Aveva lo zaino sulle spalle e stringeva in mano le foto che Alex aveva sviluppato.

A quanto pareva non c'erano possibilità di convincerlo a tornare a letto.

«Volevo ringraziarti di nuovo,» disse con calma, senza allontanarsi dalla porta.

Accidenti. Se avesse voluto fargli cambiare idea doveva darsi subito da fare. «Sei vestito.» *Che osservazione brillante!*

«Devo andare.»

Beh, non era un problema. Naturalmente lui non avrebbe sollevato obiezioni. Non era mai stato un tipo appiccicoso ma…

Ma, accidenti, non poteva permettergli di andarsene. «Aspetta.» Senza perdere d'occhio Osiride, scese dal letto e girò con cautela intorno al cane, provando un acuto imbarazzo per la propria nudità. Si infilò rapidamente un paio di jeans. «Mi permetterai di prepararti almeno la colazione.»

«Ti avevo detto che sarei partito questa mattina,» rispose Harvey, fissando le sue mani che abbottonavano i jeans.

«Si, ma è stato prima di ieri notte.» Prima che facessero l'amore, ora, dopo aver fatto l'amore Alex si era convinto che Harvey non se la sarebbe sentita di andare via.

Ma forse era soltanto lui a pensarla così.

No. Nei suoi occhi fissi su di lui si leggevano passione e desiderio, ma anche qualcos'altro. Angoscia e una timida traccia di affetto.

Tesoro, sono agitato quanto te avrebbe voluto dirgli. «Che fretta c'è?» gli chiese invece.

«Lo sai benissimo.»

«Ti ho soltanto chiesto di fermarti a colazione, non è una proposta di matrimonio.»

Harvey arrossì. «Non ce n'è bisogno. Ho chiamato Jill. È l'amica che mi ha prestato l'auto. Oggi ne ha bisogno, così verrà qui e mi accompagnerà da Ted, il direttore artistico di cui ti ho parlato.»

«E quando questo Ted vedrà le foto di Osiride ti darà abbastanza soldi per comprarti una macchina? Così te ne potrai andare e iniziare una nuova vita con il tuo cane? E vissero per sempre felici e contenti, giusto?» Alex scosse la testa. «Dimmi che non sei così ingenuo!»

«Potrebbe succedere.»

«Certo. Ma ci sono molte cose che potrebbero andare storte.» Alex aprì l'armadio, prese una camicia e se la infilò. «Troppe.»

Dalla strada venne il suono di un clacson.

Harvey si irrigidì e guardò Alex. «Eccola.»

Quando si girò per uscire dalla stanza l'altro l'afferrò per il braccio. «Aspetta.»

«Non posso, io…»

«Lo so. Devi andare. Ma quanto ti puoi fidare di questa Jill? E di Ted? Sono tuoi amici? Buoni amici?»

«Certo,» rispose lui, senza guardarlo negli occhi. «Li ho conosciuti sul lavoro, naturalmente, ma…»

Quando il clacson suonò di nuovo gli rivolse un'occhiata supplichevole. «Per favore. Non rendere le cose ancora più difficili.»

«Li hai conosciuti sul lavoro.» Alex lo seguì lungo il corridoio, gli occhi incollati al lieve oscillare del suo sedere. Sarebbe stato felice di seguirlo così ogni mattina, come un cucciolo.

Harvey aprì la porta e fece un cenno di saluto a Jill, che lo aspettava accanto alla macchina. Poi si girò verso Alex. «Devo andare,» disse con voce spezzata.

Preoccupato, Alex lanciò un'occhiata a Jill, che aveva le braccia incrociate e sembrava a disagio.

Si precipitava al soccorso di un amico e nello stesso tempo aveva l'aria inquieta? Poco rassicurante.

«Come vi siete conosciuti?» chiese a Harvey mentre Jill estraeva un cellulare.

Harvey armeggiò con il collare di Osiride, fingendo di essere molto impegnato.

Alex gli prese le mani e lo costrinse a guardarlo.

«Ti ho fatto una domanda, Harvey.»

«L'ho incontrata a una mostra canina, d'accordo?» Harvey si liberò dalla sua stretta. «L'unico lato positivo della mia relazione con Ian È che mi ha presentato delle persone in gamba.»

«Dille che ti accompagno io da Ted.»

«Alex, siamo già d'accordo. Se mi servirà ancora la macchina dopo che avrò visto Ted me la lascerà tenere per un po' di tempo.»

«Diglielo.»

Jill spense il cellulare e fissò lo sguardo su Alex.

«Fallo per me,» insistette Alex. *E per te*. Gli era venuta la pelle d'oca, come sempre, quando scopriva una buona pista mentre lavorava ai suoi reportage.

«Alex…»

Alex lo superò e andò verso Jill. «Buongiorno,» la salutò gentilmente. «Allora, dove siete diretti?

La ragazza lanciò un'occhiata Harvey.

«Jill,» intervenne Harvey, «questo è Alex Flynn…»

«E tu devi essere Jill.» Alex la fissò con uno sguardo minaccioso. «Quindi?»

«Porterò Harvey ovunque voglia andare. Sei pronto?» chiese Jill con un sorriso.

«Andrete da quel direttore artistico?» insistette Alex.

«Certo.» Evitando di guardarlo negli occhi, Jill prese Harvey per il braccio.

Improvvisamente Alex le strappò di mano il cellulare e premette il tasto dell'ultima chiamata.

«Ehi!» esclamò Jill, stupita.

Con un sorriso sardonico Alex tese il telefonino ad Harvey. «Riconosci il numero?»

Harvey lo lesse e impallidì. «È quello di Ian.» Si girò verso Jill. «Lo hai chiamato?»

Il sorriso dell'amica svanì, subito sostituito da un'espressione d'intesa preoccupazione. «Non te la prendere con me, mi ha detto che ti ama moltissimo e che è stato un malinteso. Ti ama davvero, Harvey. È distrutto dalla vostra separazione. Quando è venuto a cercarti mi ha pregato di contattarlo appena avessi saputo qualcosa, e io l'ho fatto. Vuole solo vederti, parlarti.»

«Gli hai detto dov'ero? Anche se ti avevo chiesto di mantenere il segreto?»

Jill cercò di prendergli la mano: «Harvey…»

«E pensare che mi fidavo di te. Dio mio!» esclamò lui, ridendo senza allegria. «Quando mi deciderò a imparare?» Accennò alla macchina di Jill. «È meglio che tu te ne vada.»

«Ascolta, Harvey. Siamo amici.»

«Amici? Stai scherzando? Osiride…»

«Non m'importa niente del cane,» il tono di Jill era quasi implorante. «Ian ha detto che ti rivuole…»

«Mi rivuole? E allora perché ha chiamato la polizia?»

«Beh, Ian pensava che forse tu…»

«Non gli hai detto dove mi avresti portato, vero?»

«No, non ancora.»

«Non dirglielo se ci tieni almeno un po' a me…»

«Certo che tengo a te!»

«Allora non dirglielo.»

«Harvey…» ripeté l'amica desolata.

«Va via per favore.»

«Ma…»

«Subito, Jill.»

Alex guardò Harvey osservare la sua cosiddetta amica allontanarsi. Vide che le spalle gli si incurvavano leggermente. Vide che si strofinava le tempie con aria esausta e sconfitta.

Sapeva che si sarebbe ripreso da un momento all'altro, che avrebbe raddrizzato le spalle e gli avrebbe lanciato un'occhiata gelida, dicendo che gli dispiaceva ma doveva proprio andare.

Prima di dargliene il tempo lo prese per mano e, rischiando la vita, tirò il guinzaglio di Osiride. «Adesso noi due ce ne andiamo.»

«Che cosa?» Harvey gli lanciò l'occhiata gelida che si aspettava. «Noi due chi?»

«Io e te. Siamo in due, adesso.»

Harvey era così confuso che permise ad Alex di prendere il controllo della situazione. Lasciò che cancellasse tutte le prove della sua presenza in casa e lo guardò infilare le lenzuola nella lavatrice.

La caricò con la massima cura e dosò il detersivo con gesti esperti, poi buttò via i rifiuti, tra cui, come Harvey sapeva fin troppo bene, tre profilattici usati.

Alex esitò soltanto quando si trovò di fronte alle due mostruosità gigantesche che Osiride aveva depositato in giardino. Ma alla fine trovò una paletta e si mise coraggiosamente all'opera, lanciando di tanto in tanto delle occhiate minacciose al cane.

Caricò poi uno zaino in macchina e uscì dal vialetto in retromarcia. Osiride era salita senza fare storie, probabilmente perché aveva seguito l'esempio del suo padrone ma quando vide che era Alex a guidare iniziò a lamentarsi.

Alex avrebbe voluto fare lo stesso.

Dopo circa venti minuti Alex si fermò di fronte a un albergo. Spense il motore e si girò verso di lui. «Stai bene?» gli chiese prendendogli la mano e lanciandogli un'occhiata preoccupata.

«Meravigliosamente,» sibilò Harvey.

«Immagino sia un no.»

Harvey chiuse gli occhi. «Non riesco a credere a quanto sono stato stupido. Le avrei permesso di attirarmi in una trappola.»

«Non sei stato stupido. Ti fidavi di lei.»

«Continuo a dimenticarmi che non bisogna mai fidarsi di nessuno.»

Alex gli accarezzò i capelli e gli massaggiò il collo, finché lui si girò a guardarlo. «Di me ti puoi fidare.»

«Non…» Harvey esitò, notando l'espressione decisa e aperta sul suo volto. «Non voglio più fidarmi di nessuno,» sussurrò.

«Lo so,» rispose Alex, attirandolo a sé.

Per un attimo Harvey si strinse a lui, poi riuscì a trovare la forza per sottrarsi a quell'abbraccio, troppo caldo e rassicurante. «Che ci facciamo qui?»

«Prendiamo una camera. Poi scoveremo il tuo amico Ted e verificheremo se di lui ci si può fidare.»

«Una camera?» Harvey guardò l'albergo con aria smarrita. «Qui?»

«Non possiamo più stare da me.»

«Io non posso ma tu sì.»

Alex gli rivolse un sorriso tranquillo, quasi indifferente, ma ora che lo conosceva meglio Harvey capì subito quanto fosse determinato. «Non ti lascerò da solo in una situazione simile,» dichiarò. «Non pensarci nemmeno.»

Perché non se ne andava? Perché sembrava così perfetto,

l'incarnazione dell'uomo ideale? «Non ti permetterò di farlo, Alex. Non ho nemmeno i soldi per pagare la stanza e...»

«Ma si dà il caso che io li abbia. Lo so,» ribatté l'altro, mettendogli un dito sulle labbra per impedirgli di parlare, «non ti piace essere aiutato ma si direbbe che per il momento tu sia legato a me.» Aprì la portiera, scese e gli tese la mano.

Harvey lo seguì con Osiride al guinzaglio. «Forse non accettano cani,» osservò, quando entrarono nella reception.

«Non avrebbero tutti i torti,» ribatté burbero, ripensando al giardino che aveva dovuto ripulire. «Ma questo albergo li accetta.» Indicò un cartello con la scritta *I cani sono benvenuti*. «Da queste parti ci sono parecchi turisti che viaggiano con animali domestici. Di quante camere abbiamo bisogno?»

Harvey pensò stupidamente che avesse degli occhi bellissimi, mentre il suo corpo fremeva a quella domanda sottintesa.

Quante stanze? Basterebbe un letto, implorarono i suoi sensi. Ma il cervello stava in guardia. «Non dovremmo abituarci a...»

«Giusto.» Nascondendo la delusione, Alex andò alla reception e chiese due camere singole.

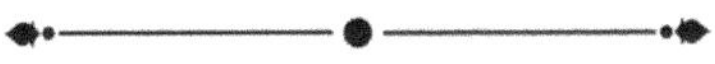

Dopo aver preso possesso delle stanze andarono da Ted ma furono accolti da una porta sprangata e un cartello che diceva *Ci siamo trasferiti*.

Alex estrasse il cellulare e digitò il numero segnato sotto

la scritta, poi lo porse a Harvey che parlò con una segretaria.

Quando finì la telefonata si accorse che Alex lo stava osservando con attenzione.

«Allora?»

«Non posso vederlo prima di domani.»

Lui sorrise. «Bene. Quindi hai a disposizione un'intera
giornata di vacanza,» dichiarò in tono leggero.

Harvey lo guardò a bocca aperta, poi scoppiò a ridere.
«Vacanza?»

«Lo dici come se fosse una parolaccia.»

«È solo che non ci sono abituato.»

«Beh, se è così…» Alex prese il guinzaglio di Osiride e gli
passò l'altro braccio intorno alla vita, incamminandosi verso l'auto. Finse d'ignorare di essere praticamente costretto
a trascinare il cane, che si faceva tenere al guinzaglio solo
dal padrone. «State con me,» consigliò, «e vi insegnerò a
rilassarvi.»

Ma era proprio di quello che Harvey aveva paura. Se si
fosse rilassato avrebbe abbassato la guardia. E non voleva
permettere che Alex gli entrasse nel cuore, perché sapeva
che non ne sarebbe uscito mai più.

In albergo Alex aspettò che Harvey aprisse la porta della sua camera. Quando si girò per salutarlo Alex lo spinse
contro il muro e gli diede un bacio rapido e appassionato.

«Perché l'hai fatto?» gli chiese Harvey, senza fiato.

Alex sorrise e gli passò un dito sul labbro inferiore. «Per

ricordarti che, anche se sono in un'altra stanza, non sei solo.»

Per tutta la vita Harvey era stato circondato da un sacco di persone, eppure aveva sempre combattuto con un'inspiegabile sensazione di solitudine. E adesso, con l'unica compagnia di quell'uomo, non si era sentito solo nemmeno una volta.

«Forse un altro bacio mi aiuterebbe a ricordare meglio,» gli sussurrò. «Sai solo per esserne sicuro.»

Con un rapido sorriso Alex si chinò su di lui, ma Harvey gli mise una mano sul petto. «E magari...» Le parole gli morirono sulle labbra.

«Magari?» ripeté Alex.

«Magari non così veloce, questa volta.»

Negli occhi di Alex passò un lampo di passione. «Messaggio ricevuto.» Avvicinò le labbra a quelle di Harvey fino quasi a sfiorarle, poi si fermò. «C'è dell'altro?» mormorò con il respiro.

«Beh,» Alex era in grado di fargli dimenticare tutto, perfino che la sua vita era distrutta. Bastava un suo sguardo per farlo sentire caldo e al sicuro. Libero da ogni pudore. «Forse una cosa ci sarebbe.»

«Ogni tua parola è un ordine.» Alex lo strinse a sé con passione ancora maggiore e i pantaloni cominciavano ad andargli stretti. «Vuoi le stesse cose di ieri notte? Baci appassionati? Sentire le mie mani sul tuo corpo?» Gli prese la mano mettendola sul proprio cazzo duro. «Lo vuoi questo? Puoi avere tutto.» La voce gli si fece bassa e roca.

«Sì», sussurrò Harvey, quasi tremando. «Sì.»

Con gli occhi che gli brillavano Alex gli diede un bacio fantastico, appassionato e interminabile, che lo confuse. Quando le loro labbra si separarono, lo attirò in camera. Alex chiuse la porta con un calcio e lo seguì fino al letto. Poi lo spinse sul materasso con un sorriso malizioso e si distese subito sopra di lui.

Harvey gli passò le braccia intorno al collo e gli diede un altro bacio, ma Alex si bloccò di colpo e girò la testa da una parte all'altra, come a cercare qualcosa, o qualcuno.

«Osiride?»

Proprio in quel momento gli doveva venire in mente il cane? «Alex, penso che possa aspettare.»

«Osiride!» Alex scattò in piedi, guardandosi intorno con aria stupita. «Dov'è andata?»

Harvey si sollevò sui gomiti, gli bastò un'occhiata alla stanza per capire che il cane non poteva essere nascosto da nessuna parte. «Oh, mio Dio!» esclamò, alzandosi immediatamente. «Deve essere scappata mentre eravamo in corridoio.»

Alex era già corso ad aprire la porta. «Qui non c'è!» gridò. «Io vado a destra, tu a sinistra.»

Harvey corse fuori e si trovò di fronte a una scalinata. Dove doveva andare? Su o giù? si chiese freneticamente, poi decise di scendere. Osiride, che era un cane di una pigrizia incredibile, avrebbe fatto così perché era meno faticoso.

Arrivato in fondo, spalancò una porta socchiusa che lo portò in un giardino interno. La luce del sole lo costrinse a ripararsi gli occhi.

Ogni angolo era coperto da fiori di tutti i colori. I sentieri erano fiancheggiati da panchine su cui sedevano alcune persone. Forse in albergo si teneva un pranzo ufficiale, perché gli ospiti erano tutti eleganti e passeggiavano con coppe di champagne e piattini di antipasti.

Proprio in mezzo al giardino, distesa in un'aiuola c'era Osiride, la lingua penzoloni, il pelo coperto di terra fresca, la coda che sbatteva, spostando il terriccio.

Harvey, malgrado l'aiuola devastata, tirò un sospiro di sollievo. Ma la sua gioia fu di breve durata. Accanto a Osiride c'era un altro cane, altrettanto sporco e ansante.

Ed era perfino più grande di Osiride. Dal pelo scuro e dalle dimensioni Harvey capì che si trattava di un terranova.

Il cane si alzò di scatto quando Harvey si avvicinò e lo fissò con aria allarmata.

Non ci voleva uno scienziato per capire che era un maschio e che aveva appena esercitato i suoi diritti su Osiride.

Alex li raggiunse di corsa e si fermò alla vista di Osiride e del suo bello che si guardavano intorno con aria felice, assonnata e soddisfatta.

«Non immaginavo che anche i cani facessero sesso occasionale.»

«Invece sì,» gemette Harvey. «Succede.»

«Suppongo che non sia già… impegnata.»

«Prima o poi l'avrei fatta accoppiare! Con un maschio di razza pura!»

Il fidanzato di Osiride si sedette con aria regale senza smettere di ansare.

Alex si strofinò la mascella, come a nascondere un sorriso. «Non mi sembra un cane così brutto.»

Quando il terranova sollevò la zampa e iniziò a leccarsela con una certa eleganza, Alex scoppiò a ridere.

Harvey gemette, rifiutando di ammettere che aveva voglia di ridere a sua volta. «È tutta colpa tua!»

«Colpa mia?» Alex sbatté le palpebre con stupore, divertito. «Come ti è venuto in mente?»

«Mi hai distratto con quel bacio, altrimenti non mi sarei mai dimenticato di Osiride, nemmeno per un secondo.» Andò verso l'aiuola e prese il guinzaglio ancora attaccato al collare di Osiride.

Proprio in quel momento, con tempismo incredibile, si accesero gli irrigatori automatici.

«Non dire niente,» lo minacciò Harvey, uscendo dall'aiuola bagnato fradicio. «Non una sola parola.»

Osiride, bagnata e sporca di fango, si scosse addosso a Harvey, poi uggiolò girandosi un'ultima volta verso il suo innamorato con uno sguardo radioso.

Anche il terranova sembrava triste di vederla andare via. Non la perse di vista un attimo e la salutò con un latrato acuto.

Alex era riuscito a tenersi alla larga dall'acqua e dalla sporcizia e sembrava in ottima forma, del tutto asciutto e fin troppo divertito.

Harvey non sapeva se prenderlo a schiaffi o se buttargli le braccia al collo e scoppiare in lacrime.

Quando raggiunsero le loro camere, Alex si fermò e lo

guardò con un sorriso. «Per caso ti stai chiedendo se Osiride si sarà divertita con il suo innamorato quanto tu insieme a me?» gli sussurrò.

Perché gli bastava sentire la sua voce per provare un brivido lungo la schiena? «Sta' lontano,» lo avvisò Harvey, mentre apriva la porta, «se non vuoi bagnarti quanto me.»

Il petto di Alex gli sfiorava la schiena, la sua guancia gli accarezzava i capelli. Bastava quel semplice contatto per fargli tremare le ginocchia. «Dico sul serio,» insistette.

Dal momento che lui non si spostava, Harvey entrò in bagno con il cane, sbattendo la porta.

Si guardò allo specchio, esaminò la propria pelle luminosa, gli occhi più vivaci di quanto fossero mai stati e tirò un profondo respiro.

«Non posso ridurmi in questo stato,» si disse. Non poteva correre il rischio di affezionarsi troppo a quell'uomo.

Alex aveva sempre affrontato tutte le sfide e quella porta chiusa rientrava senz'altro nella categoria.

Quando sentì scorrere l'acqua della doccia, posò la mano sulla maniglia.

Non aveva chiuso a chiave. Ottimo segno. Si guardò intorno e vide che Harvey era ancora vestito e stava cercando di costringere Osiride a entrare nella doccia.

«Su!» Sbuffava, spingendo il cane. «Fai schifo. Devi lavarti.» Cambiando strategia cercò di tirare il cane dal davanti. L'unico risultato fu che Harvey finì sotto la doccia vestito mentre il cane grugniva, opponendogli un'ostinata resistenza passiva. Alla fine Harvey cadde all'indietro con un grido e dovette appoggiarsi al muro. Aveva le mani libere.

Osiride era scappata.

Harvey restò sotto il getto della doccia e chiuse gli occhi, scuotendo la testa.

Con un sorriso, Alex si tolse le scarpe e completamente vestito, entrò nella doccia con lui. «Adesso puoi lavare me. Da capo a piedi se ti va.» L'abbracciò e lo strinse forte, felice che l'acqua fosse tiepida.

«Sei pazzo!» esclamò Harvey, ma il calore con cui gli buttò le braccia intorno al collo smentì le sue stesse parole. «Pazzo completo.»

«Giusto.» Alex chinò la testa e gli mordicchiò il collo. «Hai un buon sapore.» Le sue mani iniziarono a togliergli i vestiti fradici, ansiose di toccare la sua pelle bagnata.

«Alex,» sussurrò Harvey, trattenendo un gemito quando sentì il corpo dell'amico stretto al suo. «Non possiamo.»

Alex lo baciò sul collo, poi scese lungo la spalla finché Harvey lo abbracciò con forza. Gli piaceva il modo in cui lo stringeva, come se non volesse lasciarlo mai.

«Non possiamo farlo davanti a Osiride.»

«Ti riferisci al cane che ha fatto la stessa cosa solo qualche minuto fa?» Alex accennò al tappetino del bagno su cui Osiride si era distesa. Aveva gli occhi chiusi e russava sonoramente. «Non sembra molto interessata. Ha l'aria distrutta.» Riprese ad accarezzarlo risalendo fino ai capezzoli. «Seguiamo il suo esempio. Voglio vederti sfinito come lei.»

Negli occhi grigi di Harvey passò un lampo di desiderio.

Si chinò su di lui con una sensualità che gli fece balzare il cuore in gola. Avrebbe voluto vederlo sempre così, con quell'espressione che gli faceva sembrare di essere il centro dell'universo.

Alex strinse i denti, lo abbracciò da dietro di scatto tirandogli indietro il capo, facendolo sbilanciare. Preso di sorpresa, Harvey perse l'equilibrio appoggiandosi del tutto a lui, arcuando la testa all'indietro, scivolando piano sul tappeto accompagnato da un movimento fluido di Alex.

Harvey non riuscì neppure a dire una parola che la sua bocca fu chiusa da quella di Alex, riempita dalla sua lingua vorace, i suoi denti a mordergli le labbra, le mani che gli percorrevano il corpo, torturandogli il petto, i capezzoli, l'ombelico, piccoli pizzicotti che gli torturavano la pelle, strappandogli gemiti soffocati e il desiderio di essere completamente torturato da quell'uomo che lui aveva sempre desiderato.

Alex era perso in lui, in quel sapore che non si aspettava tanto avvolgente, tanto delizioso. Lo sentiva tra le mani, morbido e arrendevole, rispondere dopo un attimo di esitazione al suo assalto, le labbra che rispondevano al bacio, il busto che si sfregava piano contro il proprio, le anche che cercavano di stuzzicarlo.

Alex lo fece coricare prono sul tappeto, rompendo un bacio da cui sfuggì a entrambi un gemito inarticolato e gli strappò poco gentilmente gli shorts di dosso, artigliandogli i glutei con forza. Era bello come lui ormai sapeva. Rise affondando i denti in quella meraviglia. Mise la mano sotto di lui, facendolo sollevare sulle ginocchia per sfiorargli il ventre, per afferrargli il cazzo già bello duro strappandogli un urlo.

«A… le…x!»

Sorrise sentendolo mugolare. Che corpo meraviglioso! Era un sogno toccare quei muscoli, impastarli, stringere fra le dita quella pelle, farsi scivolare addosso quello schianto di ragazzo. Mentre con una mano continuava in una frenetica sega, con l'altra si slacciò i pantaloni.

Lo prese mettendolo a sedere e il solo guardarlo in viso, arrossato, gli occhi velati dalla lussuria, la lingua rosea che passava sulle labbra, rischiò di farlo venire.

«Alex.»

Un sorriso attraente, un invito.

Alex gli prese la testa fra le mani sistemandosela fra le gambe. «Lo volevi Harvey? Eccolo, prendilo, è tuo, trattalo bene!»

Harvey lo prese in mano, abbassò la pelle del prepuzio e iniziò con piccole lappate, deliziose nella loro leggerezza, che rischiavano di farlo impazzire. Cominciò a leccarlo dalla punta, il glande di Alex era grosso, poi scese per tutta la lunghezza del membro, arrivando ai testicoli che mise in bocca uno alla volta. Si fermò un attimo a guardare quel cazzo: era bello davvero ed era suo, tutto suo. Lo prese in bocca leccando con la lingua il glande per poi succhiarlo con piacere, lo avrebbe divorato tutto.

Alex gli diede il tempo di sistemarsi, ma solo un attimo, poi iniziò a dargli il ritmo.

Quel corpo candido tra le sue gambe era meraviglioso, non riusciva a smettere di accarezzarlo, la schiena, le spalle, la testa, affondando la mano in quei capelli setosi e folti riccioli morbidi che gli sfioravano i palmi.

Oltre la schiena vedeva quello splendido sedere, bianco e sodo come quello di una statua greca, si leccò le labbra sentendo il piacere infiammargli le vene. Lo obbligò a girarsi sulla schiena, lasciando il suo compito a metà, Harvey mugolò un po' di frustrazione ma Alex non ci fece troppo caso. Gli prese una gamba facendosela passare su una spalla e gli sorrise, finto conciliante.

«Ti ho mai detto che hai il sedere più bello cha abbia mai visto?»

Harvey si leccò le labbra allargando il più possibile le gambe. «Prendimi Alex… ti prego… ti desidero, sono tutto tuo.»

Penetrò in lui, pian piano, sentì il suo gemito soffocato di piacere. Alex non rallentò il ritmo, sapeva che presto il piacere avrebbe cancellato il leggero dolore iniziale.

Che meraviglia, il profumo, la loro pelle sudata, i gemiti che riempivano la stanza e il corpo incredibile di Harvey che si contorceva sotto lo sguardo. Alex stava impazzendo.

Sollevò le mani con i palmi a premersi gli occhi, voltando il capo da una parte all'altra, mordendosi le labbra per non urlare, la schiena si arcuava come un gatto, la frizione dei loro corpi stimolava il suo membro rendendo inarticolati i suoni che gli uscivano dalla gola.

Alex gli morse il collo, inebriato dal suo profumo, dalla morbida consistenza della sua pelle, dalla prepotenza dell'esplosione della sua passione, fuoco che crepitava e annebbiava i sensi.

«Ahh… A… lex…»

Dio, era troppo, non riuscì a trattenersi ancora, era troppo… troppo… desideroso… il suo sedere era meglio di quello che si era aspettato…

«Harvey… io… sto… venendo…»

Harvey si tese sulla schiena il più possibile, arcuando il busto cercando di farsi penetrare il più possibile, di premere il corpo affinché entrasse tutto fino alla base.

«Dentro… dentro, sono tuo. Scopami! Forte, forte… dai… vengo…»

Alex gli venne dentro, esplodendo in lui, seguito pochi attimi dopo dal suo compagno. Si lasciò andare sul suo corpo con un sospiro, abbracciandolo gentilmente. Insieme raggiunsero un'estasi ancora sconosciuta.

Più tardi Alex ordinò il servizio in camera. Mentre aspettavano, Harvey accese il suo computer portatile per collegarsi a Internet.

Alex non si era ancora rivestito e lui si stupì di quanto sembrasse a suo agio. Iniziò a sfogliare il menù senza preoccuparsi di essere nudo e allontanò distrattamente un pacchetto di biscotti per cani, posato sul tavolo.

Al fruscio del pacchetto Osiride si riscosse dal suo sonno profondo e si sollevò a sedere, sveglia e attenta.

Quando gli sguardi di Alex e del cane si incontrarono, Harvey si rese conto che tra loro non era ancora nato un rapporto di nessun tipo.

Alex prese in mano il sacchetto.

Osiride si alzò, drizzò la testa e lo fissò.

Alex estrasse un biscotto e lo tenne sollevato.

Osiride uggiolò e si avvicinò.

«Allora?» le chiese Alex ammiccando, «ti sono più simpatico, adesso?»

Osiride si leccò i baffi, con gli occhi incollati al biscotto.

Alex glielo lanciò con un sorriso e Osiride lo prese al volo. «Sei di bocca buona, cane.»

Osiride divorò il biscotto, si leccò di nuovo i baffi e riprese a uggiolare.

Quando Alex gliene lanciò un altro, Harvey provò un moto di commozione. Ian sapeva affascinare qualsiasi cane. E non solo i cani, a dire la verità. Ma era solo desiderio di piacere e negli occhi si leggeva tutta la sua falsità.

Invece Alex non aveva nulla di costruito. Era bello, sicuro di sé e probabilmente era l'uomo più tranquillo e rilassato che avesse mai conosciuto. Gli piaceva anche la sua indifferenza a quello che gli altri pensavano di lui. La trovava quasi eccitante.

Era così preso dai suoi pensieri, che quasi non si accorse dei messaggi. Si era creato un sito per poter fissare online gli appuntamenti con i proprietari dei cani. Rispondeva anche a una serie di domande, dava consigli e indicava a quali mostre avrebbe partecipato.

Quando si accorse che uno dei messaggi era anonimo gli mancò il respiro.

"Scappa pure, tanto non riuscirai a nasconderti in eterno."

Felice e appagato, Alex sfogliava beato il menù. «Mangerei qualsiasi cosa,» osservò. Quando Harvey non gli rispose gli lanciò un'occhiata distratta.

Era seduto di fronte al computer e fissava lo schermo, pallido come un fantasma.

«Harvey?» Lo raggiunse subito. «Che succede?»

Notando che si limitava a scuotere la testa, Alex si accucciò al suo fianco e girò il computer per vedere meglio. Quello che lesse lo fece rabbrividire. «È Ian?»

«Pensa che stia scappando.» Harvey chiuse gli occhi. «E io sto scappando. Maledizione!» Si sfregò le mani sul volto. «Non ce la faccio più. Non sopporto di essere in fuga, di avere paura. Devo darci un taglio, Alex. In un modo o nell'altro.»

«Lo faremo insieme. È un problema troppo grosso per affrontarlo da solo.»

«Forse potrei versargli una cifra corrispondente al valore di Osiride.»

Alex aveva capito abbastanza su Ian per essere sicuro che non sarebbe bastato. «Non credo che miri ai soldi.»

«Lo dici solo perché sai che non ne ho.» Harvey gli sfiorò il braccio con un sorriso. «Ti rimborserò tutte le spese che hai sostenuto, Alex. Ti…»

«Non mi fare arrabbiare,» lo interruppe Alex con dolcezza. «Aspettiamo di vedere che cosa dirà Ted. Se tutto va come speri…»

«Ne sono sicuro.»

«Se la cosa non funziona,» proseguì lui, «ce ne andremo da qui.»

«Continui a parlare al plurale.» Gli occhi di Harvey erano di nuovo colmi di quella dannata diffidenza.

Ti ci dovrai abituare, avrebbe voluto rispondergli Alex ma in fondo neanche lui capiva bene il perché di quel plurale e preferì stare zitto.

Posteggiarono quasi di fronte al nuovo ufficio di Ted, poi restarono un attimo in auto a guardarsi intorno.

«Bene,» esordì Harvey con allegria forzata, pronto ad aprire la portiera. Sperava che Alex non notasse quanto era nervoso, ma sapeva che gli si leggeva in faccia. «Io vado.»

Alex gli posò una mano sul braccio. «Come hai conosciuto Ted?»

«Beh,» cominciò Harvey imbarazzato, «tramite Jill. Eravamo a una mostra, ma non credo che lei…»

«Ne sei sicuro?»

«Certo,» rispose Harvey con fermezza, incontrando il suo sguardo impenetrabile. «Pensava di fare la cosa giusta. Ne sono convinto. Non si intrometterà più.» Era vero? Sapeva che nel loro settore si conoscevano tutti e che era facile farsi scappare una parola di troppo.

«Tieniti pronto a tutto,» l'ammonì Alex cupo.

Mentre entravano Harvey guardò l'uomo alto e sexy che camminava in silenzio accanto a lui e si stupì che fosse lì, al suo fianco.

«A che cosa stai pensando?» volle sapere Alex, posandogli con naturalezza una mano sulla schiena.

«A niente.» *Pensavo solo che mi piacerebbe mi toccassi così per tutta la vita.* Si perse così tanto ad ammirare il suo sorriso sicuro che inciampò.

Alex lo sorresse, stringendolo più forte.

«Grazie,» sussurrò Harvey. «Però, mi piacerebbe che un giorno fossi tu ad avere bisogno di me.»

Gli occhi di Alex si colmarono di sorpresa, come se nessuno gli avesse mai detto niente di simile prima di allora. Dopo una lunga pausa rispose: «È una promessa che potrei ricordarti in futuro.»

Quando entrarono nell'ufficio si trovarono subito di fronte a Ted. Il direttore artistico lanciò un'occhiata per nulla stupita a Osiride, poi si rivolse verso Harvey.

Era un uomo in perfetta forma, basso e ben piantato, la pelle abbronzata. «Harvey... che sorpresa!» esclamò con scarso entusiasmo.

Non sembra affatto una sorpresa, pensò Harvey, stringendogli la mano che gli offriva. «Avevo fissato un appuntamento.»

«Certo. Stavo appunto consultando la mia agenda.» Lanciò un'occhiata d'intesa alla segretaria.

Non sembrava affatto felice di vederlo. A disagio, guardò Alex che lo studiava con attenzione. Harvey era felice che fosse al suo fianco. «L'ultima volta che ci siamo visti,» cominciò, «mi avevi detto che Osiride sarebbe stata adatta per una pubblicità che avevi in mente.»

«È vero.» Ted si chinò ad accarezzare il cane. «Ma è stato prima.»

«Prima di cosa?»

Ted lanciò un'occhiata ad Alex, poi tornò a guardare Harvey. «Dov'è Ian?»

«Non ne ho idea,» rispose Harvey con indifferenza, poi accennò ad Alex. «Ti presento Alex Flynn.» Li guardò mentre si stringevano le mani, studiandosi reciprocamente. «Che intendevi con *prima*?»

«Non voglio immischiarmi.»

«In che senso?»

«Fra te e Ian.»

«Ma questo riguarda soltanto Osiride. E me,» protestò Harvey.

«Ne sei sicurò?»

«Ted per favore, dimmi solo sì o no. Ti interessa lavorare con Osiride?»

«Venite con me,» propose lui, invitandoli a entrare nel suo studio, stipato di mobili e oggetti. Ma quando Osiride fece per seguirli la fermò. «Solo essere umani qui dentro,» spiegò con un sorriso, prendendo il guinzaglio dalle mani di Harvey. «Starà benissimo con Linda, la mia segretaria.»

Prima che Harvey o Alex potessero replicare chiuse la porta, lasciandoli dentro l'ufficio. Da soli.

Harvey si morse il labbro. «No, qui c'è qualcosa che non va.»

«Gli dirò che siamo abituati a tenere sempre Osiride con noi,» propose Alex aprendo la porta.

Ma all'ingresso non trovarono né il cane né l'uomo. Li videro correre lungo il corridoio, mentre lui componeva freneticamente un numero sul cellulare.

Alex fischiò e, incredibilmente, Osiride si bloccò e si girò a guardarlo.

Sentendo il guinzaglio che si tendeva, Ted si fermò e il telefonino gli cadde di mano.

Li guardò con un sorriso forzato, ma prima che riuscisse a inventare una scusa, Alex si precipitò sul cellulare. Con un'occhiata lo tese a Harvey.

«Prova a indovinare.»

«Lo stesso numero che stava chiamando Jill?»

«Tombola.» Alex prese il guinzaglio di Osiride e lo diede ad Harvey. «Ecco il tuo premio. Un cane che sarà tuo per tutta la vita.»

Quando il telefono squillò Ian rispose immediatamente, sicuro che fosse la telefonata che aspettava. Quella che gli avrebbe ridato Harvey.

«Te l'avevo detto che non volevo immischiarmi,» gli disse la voce di Ted. «Perché diavolo mi sono cacciato in questo guaio, Ian?»

«Mi sembra di ricordare che i soldi ti avevano fatto cambiare idea abbastanza in fretta. Allora, che cos'è successo?»

«È venuto con un certo Alex Flynn. Capisco che tu lo voglia sapere, ma mi sento un idiota. Mi sembra di spiare Harvey.»

«Certo, certo.»

«Avevano anche il cane,» proseguì Ted di malavoglia. «Ascolta, Ian, io...»

«Grazie,» rispose gentilmente questi e riappese. Era accecato dalla rabbia.

Lo aveva lasciato, lo aveva lasciato sul serio.

Ma avrebbe sistemato tutto. Sapeva dove sarebbe andato Harvey. Gli sarebbero serviti dei certificati che solo l'allevatrice da cui avevano comprato Osiride poteva dargli e che l'avrebbero tirato fuori dai guai.

Intanto quella rabbia gelida cresceva sempre di più. Pensava gli sarebbe bastato tornare da lui per dimenticare ogni problema. Era stanco di perdere le sue cose. La villa. I soldi.

Il rispetto.

Esasperato da quei pensieri, scagliò il telefono dall'altra parte della

Harvey e Alex tornarono in albergo in un cupo silenzio. Le mani di Alex erano contratte sul volante, il suo volto si era fatto affilato e minaccioso.

Harvey si rese conto che ormai si sentiva legato alla sua sorte.

Ma cosa avrebbe potuto fare? Si intendeva soltanto di cani, ma ormai non importava più a nessuno che fosse il migliore addestratore e accompagnatore del paese. Anche se fosse riuscito a dimostrare di non essere un ladro, ormai il danno era fatto. Nessuno si sarebbe fidato più di lui.

E perché doveva coinvolgere in quel pasticcio l'uomo più affascinante che avesse mai conosciuto? Quell'uomo che era già entrato di prepotenza nella sua vita, e gli aveva permesso di aiutarlo, di proteggerlo. Di prendersi cura di lui.

Era troppo.

Era ora di darci un taglio.

«Me ne devo andare,» disse con calma, quando arrivarono davanti all'albergo e Alex spense il motore.

«Dovrai passare sul mio cadavere,» rispose con dolcezza.

«Ho deciso, Alex. Non si può andare avanti così.»

Quando l'altro si girò a guardarlo, i suoi occhi erano pieni di una preoccupazione che smentiva la calma rilassata e quasi pigra della sua voce. «Hai ragione,» commentò, «non si può andare avanti così. Hai un piano?»

«Non ancora,» ammise Harvey. «Però potrei…»

«Potremmo. Qualsiasi cosa tu abbia in mente, siamo in due.»

Il cuore gli si fermò. Non si sentiva pronto a vivere con un uomo, ma avere Alex al suo fianco l'aveva fatto sentire protetto e sicuro. Due sensazioni che non aveva mai provato prima. «Tu devi tornare alla tua vita. Non puoi aiutarmi all'infinito.»

«Ma questa situazione finirà.»

«Alex…»

«Non ti lascerò da solo, Harvey. Non prima che tu abbia risolto i tuoi problemi. Non me lo chiedere.»

«Devo farlo.»

Gli occhi di Alex si scurirono. «È quello che vuoi davvero?»

«È quello che vogliamo tutti e due.»

«Non parlare per me,» ribatté con un accenno di collera. «Te lo chiederò di nuovo. È quello che vuoi davvero?»

«Sì,» sussurrò coprendosi gli occhi con le mani. «Sì.»

Alex era stato così bravo a mascherare la sorpresa e la delusione che quando lo guardò di nuovo sembrava del tutto tranquillo.

«Ti assicuro che la cosa migliore per te è tornare alla tua solita vita.»

«Non mi è mai piaciuto fare la cosa migliore per me,» ribatté Alex. «Ti rendi conto che Ian sa che ti trovi da queste parti?»

«Sì.» Harvey lottò con sé stesso per non cedere al panico e non girarsi a ogni minimo suono.

«Lasciamo l'albergo e cerchiamo un altro posto dove potremo riflettere sul da farsi.»

«Ancora con questo plurale!»

«Già.» Alex gli accarezzò. «Ti dà fastidio?»

«In effetti…» Quella bocca! «Perché mi piace così tanto il modo in cui mi baci?»

Alex gli sorrise, sempre più vicino. «Vogliamo scoprirlo?»

«Allora…» Harvey gemette quando lui gli mordicchiò dolcemente il collo. «Se ti permetto di baciarmi la smetterai di parlare al plurale?»

Alex l'attirò a sé ridendo. «Metticela tutta, tesoro. Metticela tutta.»

«Allora, qual è il programma? Guidare fino a svuotare il serbatoio?»

Alex sorrise, senza distogliere lo sguardo dalla strada. «Ti piace fare programmi. Non lo sapevo.»

«Sono tante le cose che non sai di me.» Harvey sorrise a sua volta, ma ormai lui lo conosceva abbastanza da saper riconoscere il nervosismo dietro alla sua bellezza e a quella finta calma.

Alex non riusciva a capire perché provava sempre l'impulso di consolarlo. Di proteggerlo. Gli posò una mano sul ginocchio. Ormai si era accorto che aveva bisogno di un contatto fisico con Harvey, e lo dava per scontato. «Infatti mi piacerebbe sapere qualcosa di più su di te.»

«Sono un ricercato. Non ti basta?»

La battuta non lo ingannò. Harvey era spaventato e turbato e Alex non poteva accettare che si fosse ridotto in quel modo. «Che hai fatto dopo il liceo?» gli chiese, sperando di distrarlo. E se le sue domande l'avessero aiutato ad aprirsi, tanto meglio. «A parte occuparti di cani, naturalmente. Sei andato al college? Hai viaggiato? Che cosa hai fatto?»

«Niente college.» Harvey guardò fuori del finestrino. «Non c'erano abbastanza soldi e i miei voti non erano dei migliori. Non riuscivo a concentrarmi sullo studio perché lavoravo tutte le sere.»

Alex sapeva che la sua famiglia aveva problemi economici e si maledisse per avergli riportato alla mente dei brutti ricordi. «Sono stupito che tu sia rimasto a vivere qui.»

Harvey si strinse sulle spalle. «Ho viaggiato un bel po'. Ho accompagnato i cani di gente ricca e annoiata a esposizioni in ogni angolo del paese. È stato divertente.»

«È stato?»

Harvey gli lanciò un'occhiata che gli andò dritto al cuore. «Dopo quello che mi è successo dovrò cambiare mestiere.»

«C'è qualcos'altro che ti piacerebbe fare?»

Harvey guardò la campagna che scorreva fuori del finestrino. «Ora come ora farei un lavoro qualsiasi. Sai, ho preso la cattiva abitudine di mangiare tre volte al giorno.»

Alex soppesò le sue parole con un nodo alla gola. Non era ricco, ma non si era mai dovuto preoccupare di avere un tetto sulla testa o qualcosa da mangiare. Era cresciuto con poche preoccupazioni e i suoi genitori avevano fatto in modo che acquisisse la sicurezza e le cognizioni che gli avrebbero permesso di cavarsela da solo nella vita.

Harvey era un ragazzo in gamba e probabilmente si manteneva da solo da molto più tempo di lui. Ma quante persone avevano creduto in lui? Quanti l'avevano incoraggiato?

«Quando troverò un posto dove stabilirmi,» proseguì Harvey, «mi piacerebbe mettere da parte qualche risparmio e tornare a studiare.» Gli lanciò un'occhiata incerta, come se si aspettasse di venire scoraggiato. «Vorrei diventare un veterinario.»

«Certo. Hai la stoffa giusta. E un modo di fare molto rassicurante.»

Harvey sembrò sollevato e molto meno nervoso di prima.

«Penso anch'io che me la caverei bene. Potresti prenderti un cane e venire a trovarmi di tanto in tanto per le visite di controllo.»

Bastò quella frase per farlo tornare alla realtà. Presto, forse quel giorno stesso, le loro strade si sarebbero separate per sempre. Lui sarebbe tornato al lavoro che non era più sicuro di voler fare, e Harvey avrebbe iniziato a costruirsi una nuova vita.

Una vita diversa e lontana.

Forse sarebbero passati altri quindici anni prima che si incontrassero di nuovo.

A quel pensiero lo stomaco gli si contrasse in modo preoccupante. «Non sono un grande amante dei cani,» rispose. Ma quando guardò Osiride nello specchietto retrovisore provò uno strano dispiacere all'idea di non rivedere neppure lei.

Accidenti stava diventando troppo tenero. «Quando lavoro sono sempre via. Non potrei mai avere un cane.» Si accorse che Harvey lo stava guardando con attenzione e si chiese come lo vedesse.

«Ti manca il tuo lavoro?»

«Certo,» rispose Alex automaticamente, ma si accorse subito che le sue parole suonavamo stonate. «No, non ne sono sicuro,» ammise poi. «Viaggio in continuazione da così tanti anni che ho dimenticato che effetto fa rallentare il ritmo, rilassarsi, sentire il profumo delle rose.»

«Non ti sei fermato un attimo da quando sono entrato nel tuo studio.»

«È vero.» Alex scoppiò a ridere. «Ma il ritmo di adesso è

quasi riposante, in confronto a quello di quando lavoro. A dire la verità sto scoprendo che avere il tempo di rilassarmi mi piace.»

«Che faresti se non corressi sempre su e giù per il mondo a cercare storie per i tuoi articoli?»

«Non lo so.»

«Alex, non è che stai per affrontare la famosa crisi di mezza età?»

«Non scherzare. La mezza età è ancora lontana. E poi ho ancora due settimane di vacanze per riflettere.»

«Non ti ruberò molto tempo. Forse già oggi…»

«Cooper's Corner!» esclamò improvvisamente Alex. «Ecco dove ti posso portare.»

«Cooper's Corner? Dov'è?»

«A un paio d'ore più a nord, non molto lontano. Ho dei cugini che vivono là. Stanno per aprire un bed and breakfast.»

Harvey aggrottò le sopracciglia. «Veramente io pensavo di andare molto più lontano.»

Alex lo sapeva, ma non gli piaceva l'idea che si trovasse da solo in un altro stato, con nessuno a cui rivolgersi in caso di bisogno.

«Però prima devo vedere la donna che mi ha venduto Osiride,» rifletté Harvey, mordendosi il labbro. «E anche lei vive su al nord.»

«Benissimo. Allora potrai stare a Cooper's Corner fino a quando non l'andrai a trovare.»

«E poi partirò.»

Come avrebbe potuto lasciarlo andare? Alex preferì cambiare discorso. «Mia cugina Karen faceva la poliziotta.»

Harvey si irrigidì. «Alex…»

«É una bravissima persona.»

«No. Non voglio avere a che fare con la polizia. Promettimi che non le dirai niente. Promettimelo.»

«D'accordo. Non glielo dirò, a meno che non sia costretto.»

«Non ce ne sarà bisogno.»

Alex si accorse che il muscolo della mascella gli si stava contraendo. Non gli era mai successo niente di simile. Evidentemente era un problema di stress.

Presto sarebbe tornato al suo lavoro. Viaggi. Storie difficili.

E nessuno tic facciale.

Sembrava un ottimo programma, ma perché non riusciva a sentirsi felice?

Cooper's Corner era annidato nel cuore delle dolci colline del Berkshire. Come Alex aveva promesso, era un pittoresco villaggio rurale, con la tipica atmosfera del New England. Una strada principale fiancheggiata da piccoli negozi a conduzione familiare e una gelateria all'angolo.

«È il prototipo del villaggio americano. Sembra quasi di essere a Disneyland,» commentò Harvey con un sorriso, mentre attraversavano il centro.

«Non farti sentire dalla gente di qui,» l'ammonì Alex. «Sono convinti di essere unici.»

La cittadina era piena di fascino e di atmosfera. Le vecchie strade erano ombreggiate da grandi alberi, che sembravano lì da secoli. I marciapiedi erano irregolari e gonfi di protuberanze per le radici nodose dei pini. Le insegne dei negozi erano dipinte di colori vivaci, ormai sbiaditi per la lunga esposizione all'aria. Il sole ardeva con tutta la sua forza e, per un attimo, Harvey ebbe l'impressione che tutto quello splendore riuscisse a farsi largo sino in fondo alla sua anima.

Si sentiva sereno in quel posto. Al sicuro.

Sapeva che era una sensazione stupida, non conosceva nulla di quella cittadina e dei suoi abitanti, era solo convinto che non fosse abbastanza lontana da Ian e dal passato da cui voleva fuggire.

Usciti dal paese, risalirono una collina e seguirono un lungo viale che li portò di fronte a un'insegna di legno che dava il benvenuto al bed and breakfast Twin Oaks.

«Ecco!» esclamò Alex imboccando l'ultima curva.

Si ritrovarono di fronte alla casa, una grande fattoria restaurata, circondata da un bellissimo parco, che dominava la cittadina. Harvey si sentì subito allargare il cuore. Era un posto in cui mettere radici. Perfetto per ritrovare la carica. «È bellissimo,» sussurrò con voce spezzata, sentendosi un idiota a provare tutta quella commozione.

«L'ha costruita un mio prozio, Warren Flynn, alla fine dell'Ottocento. Pensa che in eredità ha lasciato centosessanta acri di terra.»

Decisero di lasciare Osiride in macchina durante le presentazioni. Quando arrivarono di fronte alla casa, Alex scosse la testa meravigliato. «Non riesco a credere che abbiano fatto tutti questi lavori dall'ultima volta che sono stato qui. È incredibile. Avresti dovuto vedere com'era tutto in rovina soltanto sei mesi fa.»

«É… È come essere a casa.» Ad Harvey non venne in mente altro.

«Sì.» Alex gli prese le mani tra le sue proprio quando la porta si aprì. Ne uscì una donna che si riparò gli occhi dal sole per vederci meglio.

Harvey sentì il cuore iniziare a battergli all'impazzata.

Ecco. Era l'inizio della fine. Adesso doveva solo incontrare Anne Stuart, l'allevatrice che gli aveva venduto Osiride, e quella parentesi felice si sarebbe conclusa.

Alex se ne sarebbe andato.

Cercò di ripetersi che non desiderava altro, ma sapeva di mentire a se stesso. Lasciarlo andare via sarebbe stata la cosa più difficile della sua vita.

«Alex!» esclamò la donna scendendo le scale di corsa e gettandosi tra le sue braccia. Aveva da poco superato i trent'anni, indossava una maglietta sporca di vernice secca e un paio di jeans. «Dimmi che mi porti notizie del mondo civilizzato.»

«Ti avevo avvisata che dopo una settimana in questi posti sperduti saresti impazzita,» rispose Alex, abbracciandola. «Ma non dirmi che non ti piace stare qui!»

Lei lo guardò sorridendo. «Lo adoro.»

«Quindi stai bene?»

«Benissimo.» Fece un cenno di saluto a Harvey. «Ciao.»

«Karen,» cominciò Alex, «lui è Harvey. Il mio…»

Notando che non finiva la frase, Harvey lo guardò perplesso.

Alex lo stava fissando con un'espressione indecifrabile, che lo spaventò. Avrebbe raccontato la verità alla donna, malgrado la promessa che gli aveva fatto?

«É il mio fidanzato,» concluse Alex.

A quelle parole Harvey sobbalzò.

Alex sorrise, come se si fosse aspettato quella reazione. «Non ci è ancora abituato,» spiegò. «Siamo venuti nel Berkshire per stupire i parenti.»

Con un grido di entusiasmo Karen lo abbracciò di nuovo. Da sopra la sua spalla Alex guardò Harvey, che aveva un'aria sconvolta.

Fidanzati? ripeté tra sé e sé.

«So che non ho prenotato,» spiegò Alex senza perdere d'occhio Harvey, «e che non siete ancora pronti per ricevere ospiti. Come se non bastasse abbiamo anche un cane gigantesco, però speravamo…»

«Certo che potete stare con noi! Vado subito a prepararvi la camera. È un po' in disordine, stiamo ancora verniciando e i servizi non sono a posto…»

«Nessun problema,» la rassicurò Alex. «Non ci serve molto.»

«Oh, Alex! Sono così felice! Non vedo l'ora di raccontarlo a tutti.»

«A proposito,» la interruppe rapidamente Alex afferrandola per un braccio prima che potesse correre via, «preferiremmo che restasse un segreto ancora per un po'.»

Il sorriso di Karen svanì. «Un segreto?»

«Per favore.»

«Sul serio?»

«Sul serio.»

La cugina sospirò. «Se preferite così, d'accordo. Ma non tiratela troppo per le lunghe, perché è una notizia fantastica. Fidanzati. Non riesco a crederci.»

D'improvviso si girò e abbracciò Harvey. «Non so dove l'hai pescato, ma sono così contenta!»

Ci mancava solo quello. Per un attimo Harvey restò immobile sentendosi un'idiota, poi ricambiò maldestramente l'abbraccio della cugina di Alex.

«Benvenuto in famiglia!» proseguì Karen con un tale calore che Harvey si sentì invadere dal senso di colpa e dal rimpianto.

«Fidanzati?» sibilò verso Alex.

«Non avrei potuto raccontargli la verità senza coinvolgerla. Karen avrebbe voluto aiutarti.»

«Oh…»

«E tu non vuoi essere aiutato.»

«Esatto.» Non doveva dimenticarlo.

«In fondo sono solo pochi giorni.»

Doveva ricordare anche quello. Harvey si fece forza, fece scendere Osiride dall'auto, si passò il guinzaglio intorno al polso e si incamminò verso la porta.

Harvey andò alla finestra della stanza e guardò il panorama fatto di colline ripide e ondulate cercando di non pensare.

Una stanza, un letto.

Chiedersi come fosse finito in quella situazione non gli faceva bene. Alex era entrato nella sua vita e lui glielo aveva permesso. Avrebbe dovuto fare solo, anche se ancora terrorizzato, ma pronto a costruirsi una nuova vita, che includesse soltanto lui e Osiride.

Il guaio era che non ce l'aveva fatta a liberarsi di Alex, perché ogni attimo in sua compagnia si era trasformato in esperienze che non avrebbe mai dimenticato. E più il tempo passava, più sapeva che sarebbe stato difficile allontanarsi da lui.

E la fine sarebbe arrivata, c'era sempre una fine.

Però l'espressione sul suo volto quando aveva detto a Karen che si sarebbero sposati… Sapeva che si trattava solo di una bugia, ma Alex sembrava così fiero, così protettivo, così felice di presentarlo come il suo fidanzato!

L'accoglienza della donna lo faceva sentire ancora peggio. Gli dispiaceva tradire la sua fiducia, però non poteva rivelargli la verità.

«Mi dispiace per la stanza.»

Alla voce di Alex, che lo riportò al presente, sobbalzò. «Credevo che fossi dai tuoi cugini.»

«Ho solo fatto un salto per convincerli della nostra storia.»

«Ah, sì. La nostra storia.» Sentì che Alex gli si avvicinava da dietro.

«Karen mi conosce bene,» proseguì Alex. «Le sarebbe sembrato strano che non dormissi con il mio fidanzato.» Il suo respiro gli sfiorava i capelli.

Harvey si girò verso di lui. I loro corpi non si toccavano. Eppure, erano uniti da una strana ondata di calore.

La sentiva anche lui?

Probabilmente sì, pensò guardandolo negli occhi scuri, pieni di premura e di affetto. Si sforzò di sorridere. «Senz'altro sembrava stupita dalla notizia del tuo fidanzamento.»

«Diciamo che non sono mai stato propenso a… a prendere impegni.»

«Credo che capiranno quando te ne andrai. Gli diremo che

devi tenere aperto lo studio delle tue sorelle e che io...»

«Non vado da nessuna parte, Harvey.»

Harvey deglutì a fatica. «È chiaro che non puoi restare qui. Tu torni a casa tua e io andrò dall'allevatrice che mi ha venduto Osiride e poi...» Aveva la bocca troppo secca per parlare. Emise un sospiro e riprese: «E poi partirò.»

«Voglio accompagnarti.»

«Non ce n'è bisogno.»

«Lo so.» Alex si avvicinò e posò una mano sul davanzale. «Sei un duro,» gli sussurrò abbracciandolo, «hai un carattere forte e sei in grado di riprenderti da ogni delusione. Puoi affrontare qualunque cosa, me ne sono accorto.,» iniziò ad accarezzarlo con l'altra mano, «se resto lo faccio per me, non per te. Voglio essere sicuro che tutto si risolva per il meglio.»

Di solito, nella vita di Harvey, niente si risolveva per il meglio, ma forse quella volta sarebbe stato diverso.

Signore, ti prego, fa che sia diverso.

Lo sguardo di Alex lo fece tremare. Temendo di addolcirsi troppo si allontanò bruscamente e rischiò d'inciampare sopra Osiride che russava sul tappeto.

«Come fa a dormire in quella posizione?» chiese Alex, guardando con un sorriso divertito il cane, disteso sulla schiena con le zampe all'aria e la bocca aperta. Lo scavalcò e attraversò la stanza per raggiungere Harvey seduto sul grande letto a baldacchino, che spiccava nell'arredamento in legno della camera. «Quando vuoi andare dall'allevatrice?»

Harvey lo guardò, sperando di cogliere un barlume di

pena o di compatimento, che ridestasse il suo orgoglio e gli desse il coraggio di cacciarlo via.

Ma Alex si limitò a sorridere, paziente come sempre.

«Quando avremo fatto quest'ultima cosa insieme te ne andrai?» gli chiese. «Tornerai alla tua vita?»

«Non vedi l'ora di liberarti di me.»

«Te ne andrai?» ripeté Harvey.

Il sorriso gli morì sulle labbra. «Se otterrai quello che cerchi tornerò a casa mia.»

«D'accordo,» decise Harvey, raccogliendo il suo zaino. «Allora possiamo andare anche subito.»

Anne Stuart, la titolare dell'allevamento, non era a casa. Alla porta era attaccata una lavagnetta magnetica su cui i visitatori potevano lasciare i loro messaggi. A giudicare dalle date, doveva essere via da almeno una settimana.

«Sarà a una esposizione,» commentò Harvey con tono indifferente che non riuscì a ingannare Alex.

Si accorse subito che era scoraggiato e per la prima volta da molto tempo si sentì del tutto impotente.

Harvey non voleva la sua compagnia. Sperava solo che si togliesse dai piedi il più presto possibile, dannazione! Non riusciva ad accettarlo.

E poi non se la sentiva di lasciarlo da solo finché non avesse risolto tutti i suoi problemi.

«Ho solo bisogno di quei certificati,» mormorò Harvey, fissando la porta chiusa. «Così potrei dimostrare che mi sono preso cura di Osiride da quando era piccola, che ho pagato per i vaccini, per il cibo e tutto il resto. Io e Anne ci incontravamo spesso alle esposizioni e lei potrebbe testimoniare.»

«Tornerà.» Alex si girò verso l'auto. «E anche noi.»

Harvey non aprì bocca finché non furono di nuovo sulla strada verso il bed and breakfast. «Potrebbe non tornare per un'altra settimana. Però penso di sapere dove si trova, in questi giorni c'è una mostra non lontano da qui.»

«E se partecipasse anche Ian?»

«É possibile.» Harvey guardò fuori del finestrino con un nodo alla gola.

«Quindi non è meglio aspettare?»

«Aspetterò io. Non puoi restare qui per una settimana.»

Giusto,» ribatté Alex con amarezza, in fondo aveva una vita a cui tornare.

Quando Cooper's Comer sbucò dietro la curva, Alex guardò il villaggio con un sorriso. Ogni volta che ci tornava restava affascinato. Era piccolo e speciale. Anzi, unico. Harvey gli faceva lo stesso effetto, si disse imboccando la strada che portava al Twin Oaks.

Harvey balzò fuori dalla macchina prima che Alex potesse aprirgli la portiera. «Porto Osiride a fare una passeggiata nei boschi.»

Da solo. Il messaggio gli arrivò chiarissimo.

E va bene. Si sarebbe riabituato presto alla solitudine. Lo guardò mentre si allontanava, stringendo il guinzaglio di Osiride come se il cane fosse l'unica cosa che gli restava al mondo.

E io non conto proprio niente? avrebbe voluto chiedergli,

ma gli sembrò troppo patetico. Preferì tornare verso la casa a cercare Karen.

Le aveva chiesto di prendere qualche informazione su Ian, senza spiegarle il perché. Alex sperava che avesse trovato qualche elemento che, unito alla mail di minaccia e alla testimonianza di Harvey sui maltrattamenti che aveva inflitto a Osiride, potesse ribaltare la situazione, dimostrando che era Ian a essere nel torto.

All'ingresso sul retro erano seduti i due uomini giovani e vivaci che Karen aveva ingaggiato per le ultime pulizie prima dell'apertura.

Quando lo videro arrivare gli sorrisero allegri.

«Ci prendiamo una pausa,» spiegò quello con i capelli rossi. La camicia, quasi completamente sbottonata, lasciava intravvedere due capezzoli da succhiare.

L'altro indossava un paio di pantaloncini quasi pornografici, a gambe aperte si vedeva quasi tutto, ed era disteso sulla pancia in una posa sensuale che metteva in evidenza il suo culetto. «Ci fai compagnia?» gli chiese.

«Uhm...» Doveva avere qualche problema per non accettare un invito così. Ma era inutile. Lo sguardo gli corse verso il bosco per cercare di distinguere una sagoma famigliare.

Non la vide, Harvey era ormai sparito.

E si era portato via ogni desiderio sessuale che Alex potesse provare per qualsiasi altra persona.

Quel pensiero lo terrorizzò così tanto che si sforzò di sentirsi attratto da quei due ragazzi. Non ci fu niente da fare. Era inutile nasconderlo. Nel suo cuore c'era posto solo per

Harvey.

L'unico problema era che l'altro non ricambiava il suo interesse.

Il ragazzo dai capelli rossi lo guardò battendo le ciglia, come per assicurarsi che avesse recepito il messaggio.

«Mi dispiace, ragazzi, ma non posso proprio,» rispese Alex consapevole di perdere un'occasione d'oro. Qualcosa dentro di lui gli diceva che c'erano guai in vista e il suo istinto non sbagliava mai. Senza degnarli di un altro sguardo si girò e corse lungo la strada che aveva seguito Harvey.

Sul sentiero non c'era. In giardino nemmeno. Non era da nessuna parte.

Se n'era andato.

Harvey rinunciò alla passeggiata e decise di fare un giro in macchina. Prese l'auto di Karen, che gli aveva dato il permesso di usarla quando voleva. Si sentiva in debito ad approfittare della sua ospitalità in quel modo, ma voleva andare all'esposizione canina per trovare Anne.

Durante il percorso continuò a ripetersi che stava facendo la cosa giusta e che non era il caso di coinvolgere ulteriormente Alex. Aveva già fatto abbastanza per lui e…

Ed era inutile continuare a illudersi.

Aveva bisogno di ricordarsi che effetto faceva stare da solo senza Alex al suo fianco.

Quell'uomo era pericoloso per lui, lo spingeva a fantasticare troppo, a chiedersi come sarebbe stata la sua vita se…

Ma i se non portavano a nulla e facevano soltanto soffrire.

Si fermò nel parcheggio dell'esposizione e si guardò intorno con nostalgia. Aveva sempre amato tutta quella confusione, l'atmosfera frenetica, i rimorchi e i furgoni parcheggiati dappertutto. La mostra vera e propria si svolgeva sotto due enormi tendoni montati per l'occasione. Intorno c'erano delle bancarelle che vendevano di tutto, dai cappottini per cani alle palette per rimuovere lo sporco.

Quel clima di baraonda, di tensione e di follia generalizzata era stata la sua vita per molti anni. Si sentiva a casa ma nello stesso tempo aveva l'impressione di trovarsi in un sogno di cui non faceva più parte.

Fortunatamente non gli ci volle molto per trovare Anne. Si conoscevano bene, perché Harvey aveva lavorato spesso per lei, accompagnando i suoi cani durante le sfilate. Dopo un rapido abbraccio di saluto, Harvey andò subito al punto. «Tu non mi hai mai visto.»

«D'accordo.» Anne continuò a masticare la sua solita gomma, come se niente fosse. «Non ti ho visto, non mi sono accorta che sei stressato, distrutto e che hai un aspetto terribile. Per caso la tua faccia ha qualcosa a che fare con la telefonata che Ian mi ha fatto qualche giorno fa?»

Harvey sentì un tuffo al cuore e strinse il guinzaglio di Osiride con tutta la sua forza. Si guardò intorno, ma non vide traccia di Ian. «Non sarei dovuto venire.»

«E perché?» Anne Stuart smise per un attimo di masticare.

Harvey si fece coraggio e la fissò dritto negli occhi. «Mi servono i certificati di Osiride.»

«Ian mi ha detto che saresti venuto a cercarli e che avrei dovuto chiamarlo appena ti avessi incontrato.» Anne Stuart sollevò un sopracciglio. «Ma io non ti ho mai visto, no?»

Harvey sospirò. «Anne…»

«Hai davvero rubato Osiride?»

«Diciamo che l'ho presa in custodia per proteggerla.»

Anne fece scoppiare una bolla gigantesca. «Ah!»

«Voglio dimostrare al tribunale che Osiride è mia a tutti gli effetti.»

«Quindi vuoi dimostrare di essere tu il proprietario.»

«Esatto. Così potrò tenerla io.»

«Lo fai perché Ian ti ha lasciato? O perché Osiride è il più bell'esemplare della sua razza degli ultimi decenni?»

Così Ian aveva raccontato a tutti che era stato lui a lasciarlo. Molto interessante. «No, non è per questo.» Harvey guardò Anne dritto negli occhi, sperando che capisse. «L'ho fatto perché Osiride doveva allontanarsi da Ian. E anch'io. Anne, sono stato io a lasciarlo. Avevo delle valide ragioni e adesso devo dimostrare che Osiride non è soltanto sua.» Tirò un profondo respiro e prese il coraggio a due mani. «Mi puoi aiutare?»

«Harvey?» I due si irrigidirono quando Janice Kaiser, l'assistente di Anne, li raggiunse di corsa. «Immaginavo di trovarti qui,» disse con uno sguardo meditabondo.

Janice aveva poco più di vent'anni ed era una ragazza ricca, bella e troppo affascinante per passare la vita in mezzo ai cani. Però si era dimostrata un'ottima assistente per Anne e si diceva in giro che si fosse perfino presa una cotta per Ian.

Considerato lo sguardo rapace con cui l'osservava, Harvey capì subito che sapeva troppo.

Fingendo di ripararsi dal sole, Anne diede le spalle alla giovane assistente e si abbassò verso Harvey. «Dove devo spedirti i certificati?» gli sussurrò.

«È un po'… complicato.»

Anne capì subito il messaggio. «Janice?» chiese, «potresti andare a spazzolare Lulù? È lui il prossimo a sfilare.»

«Ma…»

«Va' subito, per favore.»

Anne riprese a parlare solo quando la sua assistente si fu allontanata di malavoglia. «Perché complicato?»

«È meglio che venga a prenderli io.»

«Venire ancora da me sarebbe una pessima idea, Harvey.»

«Ian?»

«Penso di sì. E se te li spedissi per posta celere tra qualche giorno, appena tornerò a casa?»

Harvey esitò, perché si trattava di avere fiducia, dote che per il momento gli mancava completamente.

«Te li posso fare avere entro il fine settimana,» gli promise Anne.

Il fine settimana. In fondo poteva aspettare qualche giorno prima di iniziare la sua nuova vita. «Alloggio al Twin Oaks il bed and breakfast di Cooper's Corner,» le sussurrò.

Sperava solo di non avere commesso il più grave errore della sua vita.

Quando tornò al bed ad breakfast, Harvey non vide nessuno, anche se dal piano di sopra arrivavano dei colpi di martello e il rombo di una sega elettrica.

Probabilmente né Alex né i suoi cugini avevano sentito la sua mancanza.

Quando entrò nella sua, anzi nella loro stanza, sciolse Oside dal guinzaglio e le lasciò lo spazio per distendersi.

Poi restò immobile per qualche secondo e si concesse il primo vero momento di riposo da quando se n'era andato. Forse Alex era tornato a casa e aveva concluso che lui gli stava causando troppi problemi. Forse si stava congratulando con la fortuna per essere riuscito a sbarazzarsi di lui così facilmente. Forse…

«Bentornato,» lo salutò Alex con un tono calmo che riuscì comunque a farlo sobbalzare.

Si girò di scatto e lo vide, seduto sulla sedia accanto alla finestra, le gambe distese in avanti e le mani posate sulle cosce.

Calmo e rilassato.

Non fosse stato per le scintille che emanavano i suoi occhi.

«Non ti avevo visto,» cominciò Harvey, portandosi una mano al cuore che gli batteva troppo forte.

«Già.» Alex si alzò. «E questo è un grosso problema tra noi due.»

No, non era per niente contento. Anzi sembrava decisamente furioso.

«Alex…»

«Tu non mi vedi mai.» Quando gli si avvicinò Harvey si accorse che nei suoi occhi non c'era soltanto rabbia, ma anche qualcos'altro, qualcosa di più profondo. Paura. Preoccupazione. Tensione.

E tutto per colpa sua.

«Prima di tutto,» riprese Alex, lisciandosi i capelli con estrema dolcezza, «ti senti bene?»

Difficile rispondere, teso com'era. «Sì.»

«Bene.» Alex lo guardò, poi emise un sospiro di esasperazione. «Accidenti! Sono così stupito che ho dimenticato cosa volevo chiederti.»

«Alex…»

«Sei andato all'esposizione canina. Ti sei esposto a un rischio e hai voluto correrlo da solo.»

«Dovevo farlo!» si difese Harvey. «Alex, impazzirei se aspettassi con le mani in mano che succeda qualcosa. Non ne posso più. Voglio essere io a prendere l'iniziativa. Mi servono i certificati di Anne e lei ha promesso di mandarmeli.»

«Anche a me serve qualcosa, e ho intenzione di prendermelo subito.» Afferrò Harvey con forza. Lo sollevò alla sua altezza e lo baciò. C'erano rabbia e frustrazione in quel bacio, ma soprattutto affetto e desiderio.

Per la prima volta Harvey iniziò a capire una cosa che gli era sempre sfuggita e che rendeva la situazione ancora più pericolosa. La loro non era un'avventura passeggera e nemmeno un tentativo di ritornare ai tempi del liceo.

No, nel bacio di Alex c'era molto di più e per lui era lo stesso. Inutile nascondersdo.

«Guardami, Harvey. Ascoltami. Smettila di tenermi lontano e lasciati andare.» Le sue mani gli scivolarono lungo la schiena e gli strinsero i fianchi, mentre il bacio si fece più tenero e profondo.

Harvey ricambiò la sua passione e gli trasmise a sua volta tenerezza e voglia, uniti a ira e insoddisfazione.

«Speravi di non trovarmi più qui, vero?» ansimò Alex con la bocca sul suo orecchio. «Avresti preferito che me ne fossi andato?»

«Alex...» Come poteva spiegargli quello che provava, quando non lo sapeva nemmeno lui? Su un'unica cosa non aveva dubbi. Non si era mai sentito così al sicuro come quando Alex lo stringeva tra le sue braccia.

«Non voglio che finisca subito,» sussurrò Alex, carezzandogli dolcemente il contorno del capezzolo. Harvey aprì la bocca per dire che la fretta non gli dispiaceva, ma riuscì soltanto a gemere. Quando Alex gli infilò le mani sotto la camicia e gli sfiorò la pelle nuda, fu percorso da un brivido e si strinse a lui senza il minimo pudore. Nessuno l'aveva mai toccato così. Affascinato e vinto dal desiderio, iniziò a esplorare il corpo dell'amante, passandogli le mani sotto la camicia e tastando i muscoli della schiena tesi e contratti sotto le sue carezze.

«Non riesco ad allontanarmi da te,» mormorò Alex con voce roca. «Lo devi sapere.»

«Sì...» Harvey si reggeva in piedi a malapena. «E tu devi sapere che mi spaventi a morte.»

A quelle parole, pronunciate a fatica, Alex lo lasciò di colpo e restò immobile.

«Non fisicamente,» aggiunse subito Harvey, passandogli le braccia intorno al collo e attirandolo a sé. «Alex, tu minacci il mio cuore e lo sai benissimo,» concluse fissandolo negli occhi.

«Io so solo che sei tu a minacciare il mio.»

«È per questo che non può funzionare. Noi…»

«Baciami Harvey.» La voce di Alex era carica di rimpianto e desiderio. «Non parlare più, baciami, ti prego.»

Harvey si rese conto che nelle sue parole si avvertiva un senso di perdita, ma cercò di far finta di niente. Gli spettinò i capelli e posò le labbra sulle sue.

Quando non riuscirono quasi più a respirare dopo quel bacio interminabile, Alex gli appoggiò la guancia sui capelli. Harvey sentiva il suo cuore che gli batteva forte contro il petto.

Avrebbe potuto amarlo davvero. Gli sarebbe bastato pochissimo per innamorarsi perdutamente.

Con un sospiro di rimpianto per quello che avrebbe potuto essere e per la notte che li aspettava, forse l'ultima, si lasciò spingere verso il letto.

Alex aveva la testa altrove. L'unica cosa che desiderava era tenere Harvey stretto a sé per impedirgli di ricostruire il muro che da sempre circondava il suo cuore. Era una battaglia senza esclusione di colpi. Le sue armi erano le labbra, la lingua e i denti, che lo facevano tremare di piacere.

«Non riesco a respirare,» ansimò Harvey cercando di divincolarsi.

Bene. Anche a lui mancava il respiro.

Fuori si era fatto buio. La lampada sul comodino faceva

brillare la pelle di Harvey e rendeva il suo sguardo tenero e sognante.

Alex sapeva che non avrebbe mai dimenticato quel momento. Harvey sospirava di piacere e lui sognava solo di farlo impazzire di desiderio.

Per lui.

Si misero in ginocchio sul letto, le bocche incollate in un bacio pieno di passione.

Dopo pochi secondi, i vestiti volarono via e restarono quasi completamente nudi.

Alex aveva intenzione di eccitarlo fino allo sfinimento, ma Harvey rovesciò la situazione. Cominciò ad accarezzarlo dappertutto e il tocco delle sue mani lo fece impazzire.

«Sei così bello, adoro accarezzare la tua pelle, toccare il tuo cazzo, giocare con le tue palle.»

«Mai quanto te.» Alex chinò la testa e lo baciò lungo il bordo del capezzolo destro, con un gesto deciso.

Ma voleva di più. Si tolsero l'ultimo indumento che ancora avevano addosso, gli slip, e si sdraiarono uno accanto all'altro.

Due corpi nudi che si toccavano, si stringevano forte, si assaporavano in un lento gioco erotico che faceva salire il piacere a livelli sconosciuti.

Harvey prese il membro di Alex, abbassò la pelle per liberare il glande e cominciare a leccarlo come un gelato. Lo mise in bocca e lo fece arrivare fino alla gola. Poi lo tirò fuori e cominciò a leccare tutta l'asta arrivando ai testicoli prendendoli in bocca uno per uno. Alex gemette, aprì i glutei e si buttò nel solco torturando l'apertura con leccate profonde, ricche di desiderio e passione.

Era piacevole sentire Harvey mugolare di piacere. Voleva dentro di sé quel cazzo che stava leccando e che nel frattempo era diventato duro come il marmo.

Era più di quanto avesse mai sperato. I sensi di Alex erano accesi e la sua anima in subbuglio.

«Alex…» sospirò Harvey quando lo sentì scivolare dentro di lui. La sua voce era piena di quella paura che Alex conosceva bene.

«Lo so.» Si sentiva vulnerabile e allo stesso tempo forte.

Si spinse più in profondità e iniziò a muoversi. Harvey seguì il suo ritmo finché la passione crebbe d'intensità e raggiunse l'apice, cogliendo quasi di sorpresa Alex quando si sentì bagnare le mani dallo sperma di Harvey. Il desiderio si fece ancora più intenso quando Alex si rese conto con terrore che avevano vissuto un momento unico e irripetibile. Alex venne copiosamente dentro Harvey.

Un momento tutto loro da far durare per sempre.

Fuori era completamente buio, ma a Ian non importava. Ormai la sua anima aveva dimenticato che cosa fosse la luce.

Si trovava davanti a un bed and breakfast dimenticato da Dio e dagli uomini che si chiamava Twin Oaks.

All'inferno. Ecco come l'avrebbe chiamato lui. Li aveva visti. Era rimasto là fuori, avvolto nel buio e li aveva osservati attraverso il vetro dipinto.

Harvey e il suo nuovo gingillo.

Si era trovato un altro uomo, e per quello sarebbe stato punito.

Perfino la luna era andata a dormire ma Ian restò immobile nei boschi. A guardare. La luce alla finestra si spense.

Significava che in quel preciso momento Harvey era a letto con un altro uomo.

L'ira quasi lo accecò. Ian si sforzò di respirare a fondo, ma non servì.

Non era cambiato niente, si disse. Harvey sarebbe tornato. Ne era sicuro.

Altrimenti l'avrebbe costretto.

Alex dormì con Harvey quella notte e anche la successiva, a dispetto del buonsenso, ma ormai si stava rendendo conto che, quando si trattava di Harvey, era del tutto inutile appellarsi al buon senso. Fecero l'amore, parlarono e risero a lungo.

E davanti alla famiglia di Alex continuarono a fingere di essere fidanzati.

Anche se era stato lui a scegliere di restare, la situazione si faceva sempre più difficile perché, con il passare del tempo, Alex aveva capito una cosa. Ed era proprio qualcosa di cui Harvey non voleva sentire parlare.

Erano fatti per stare insieme.

La terza mattina, al risveglio, trovò il letto vuoto. Scattò a sedere in preda al panico e si trovò di fronte Osiride, sdraiata sul pavimento, che gli lanciò un'occhiata di disapprovazione.

«Beh, se sei ancora qui ci sarà anche lui,» concluse più rilassato.

Osiride chiuse gli occhi senza fare commenti e riprese a dormire.

Si alzò soltanto quando Harvey uscì dal bagno completamente vestito.

«Ehi,» sussurrò Alex, «torna a letto e svegliami come si deve.»

«Mi sembri sveglissimo.»

«Ho avuto un incubo. Vieni a consolarmi.»

Harvey si chinò ad allacciare il guinzaglio di Osiride. «Devo portarla fuori.»

Sospirando al pensiero di lasciare il letto, Alex si alzò, infilò i jeans e lo seguì. «Come fai a comportarti così?» Gli accarezzò con dolcezza la spalla lasciata scoperta dalla maglia senza maniche.

«Osiride deve…»

«Come puoi amarmi alla follia durante la notte e respingermi alla luce del giorno? Fai di tutto per tenermi distante.»

Harvey si irrigidì. «Non è vero.»

«Ne sei sicuro?» Alex lo costrinse a girarsi verso di lui e lo fissò in quei bellissimi occhi grigi. «Lo stai anche facendo in questo preciso momento. Fingi di arrabbiarti per evitare il vero problema.»

«Che sarebbe?»

«Noi due.»

«Alex…»

«Perché fai così, Harvey? Perché ti lasci andare soltanto quando sei nudo, sospiri di piacere e impazzisci di desiderio? Lo vuoi, lo cerchi, lo massaggi, mi ami.»

«Non impazzisco affatto.» Harvey cercò di liberarsi dal suo abbraccio, ma Alex lo spinse verso la porta.

«Vogliamo scommettere?» chiese Alex con voce roca, sfiorandogli il sesso.

Harvey chiuse gli occhi. «Non… funzionerà.»

«Oh, sì.» Si era accorto dell'affanno nella sua voce e continuò ad accarezzarlo con dolcezza, anche il membro stava crescendo, finché Harvey emise un piccolo gemito.

«Non è…» Le parole gli morirono sulle labbra quando Alex iniziò a baciarlo sul collo. «Che stai cercando di dimostrare?» protestò.

Ormai se n'era quasi dimenticato. «Qualcosa sul fatto che tu impazzisci di desiderio per me,» mugugnò senza smettere di baciarlo.

«Non… impazzisco mai.»

Ma grazie al cielo non sembrò esserne troppo convinto. Smise subito di parlare quando Alex premette il suo corpo contro il suo, e i due membri eccitati strofinarono tra loro.

«I certificati,» ansimò Harvey, dopo qualche secondo, «dovrebbero arrivare oggi.»

Alex lo sapeva benissimo, si era svegliato con quel pensiero, sapeva che a quel punto Harvey lo avrebbe lasciato per sempre.

«É così,» riprese Harvey. «Non dovremmo…»

«È vero, non dovremmo. Ma lo stiamo facendo.» Gli chiuse la bocca con un bacio, per evitare di sentirsi elencare tutte le ragioni per cui si stavano comportando da sciocchi. E continuò a toccarlo con più forza e passione.

In fondo quelle ragioni le conosceva meglio di lui, ma il bacio gliele cancellò subito dalla mente, soprattutto quando Harvey si arrese alla sua passione e lo contraccambiò con tutta l'anima.

Si sentì sopraffatto dal desiderio accecante, da un inso-stenibile impeto di emozioni. Sentiva che se non l'avesse avuto subito sarebbe morto. Un attimo dopo i pantaloni di Harvey caddero a terra e i jeans di Alex si aprirono. Ne uscì un cazzo voglioso, umido ma soprattutto grosso e forte. Alex sollevò Harvey e lo strinse a sé. Non riusciva a capire come potesse desiderarlo così tanto, in quel modo così ossessivo e divorante.

«Alex...» Il sospiro di Harvey fu più esplicito di mille parole e gli disse che anche lui stava ardendo di passione.

«Passami le gambe attorno alla vita... Così.» Si spinse dentro e Harvey l'accolse con tutto sé stesso. Pochi istanti dopo Alex si strinse ad Harvey e gridò il suo nome tremando, scosso da brividi di piacere. Alex cedette subito dopo, gli occhi fissi nei suoi.

Passarono alcuni secondi prima che Alex riuscisse a muoversi.

La testa di Harvey era abbandonata contro la porta, gli occhi chiusi e il corpo gli tremava ancora. Alex avrebbe voluto toccarlo ma anche le sue mani erano scosse da un tremito incontrollato e temeva di farlo cadere.

Senza aprire gli occhi Harvey gemette finché Alex lo lasciò andare, poi si precipitò sui vestiti sparsi per la stanza. Coprendosi con la maglia si girò verso di lui. «Non posso più farlo,» mormorò con aria avvilita.

«Non puoi più fare l'amore con me?»

«Mi sembra di essere a teatro.» Harvey si infilò in fretta i pantaloni. «Non voglio più recitare la parte del tuo fidanzato.» Si rivestì, dimenticando gli slip per terra.

Prima che lui potesse rispondere qualcuno bussò alla porta.

«Alex?» lo chiamò Karen. «Wyatt e io abbiamo appena stappato una bottiglia di champagne regalataci da un fornitore. Porta il tuo compagno che brindiamo tutti insieme.»

Alex guardò Harvey che gli lanciò un'occhiata solenne e addolorata come a dire *Vedi? è tutto sbagliato.*

«Arriviamo tra un attimo,» rispose Alex.

Harvey si limitò a scuotere la testa.

Era evidente che non voleva più recitare quella parte, ma in fondo era meglio così, perché anche lui era stanco. Ed era arrivato il momento di dirglielo. «Voglio farlo sul serio, Harvey.»

«Che cosa?»

«Anch'io sono stufo di fingere. Voglio dormire con te tutte le notti, svegliarmi con te al mio fianco. Voglio condividere la tua vita e voglio che tu condivida la mia.»

«Sei pazzo,» sussurrò Harvey.

«Può darsi.»

«È impossibile che tu voglia condividere la mia vita. Se potessi, lo eviterei anch'io.»

«Ti amo, Harvey.»

Harvey si girò di scatto, il volto chiuso in una maschera impenetrabile. Andò alla finestra e si mise a fissare il giardino, traboccante di fiori. «È ridicolo. Non mi conosci nemmeno.»

«Io credo di sì,» ribatté l'altro in un tono pacato che gli costò molto sforzo, lo scetticismo di Harvey l'aveva ferito in profondità.

«D'accordo, allora.» Le spalle e il collo di Harvey irrigidite. Tutto il suo corpo era così teso da sembrare sul punto di cadere in mille pezzi. «Sono io che non conosco te.»

«Non mi devi mentire solo perché ti senti con le spalle al muro.»

Harvey si girò di scatto a guardarlo, una risposta secca già sulle labbra. Ma quando si accorse che il volto di Alex era molto meno sicuro della sua voce non disse nulla.

Anche perché nei suoi occhi lesse tutto l'amore che provava per lui. «Oh, Alex…»

«Sei emozionato,» gli sussurrò con dolcezza.

Terrorizzato sarebbe stato più corretto. Possibile che gli sembrasse più difficile affrontare il suo amore, che l'odio di Ian? «Le nostre vite sono talmente diverse…»

«E allora?»

«Sei stato tu a dirmi che il tuo lavoro ti porta in giro per il mondo e non sei quasi mai a casa.»

«E ti ho anche detto che mi è piaciuto molto prendermi una pausa. Anzi, sto pensando seriamente di cambiare stile di vita. Potrei continuare a scrivere senza essere costretto ad assentarmi per mesi e mesi.» Il suo sguardo si fece più intenso. «Se è la stabilità che cerchi.»

«È questo il guaio. Non so nemmeno io che cosa sto cercando.»

«Certo che lo sai. È solo che non vuoi ammetterlo. Hai paura di condividere…»

«Ci ho già provato una volta, grazie.»

«Ma non con me.» I suoi occhi erano pieni di calore. «Non

considerarmi uno come tanti, Harvey.»

«Non è così semplice.»

«Sono stufo di sbattere la testa contro il muro per convincerti a fidarti di me! E a desiderarmi.»

«Ma io ti desidero, Alex. Non è questo il problema.»

«Preferirei che ti fidassi di me.»

Harvey provò una fitta allo stomaco e si sentì mancare l'aria. «La fiducia non rientra nelle mie qualità,» ribatté aspro, infilandosi le scarpe.

«Ma di notte sì.»

Dove diavolo era finito il guinzaglio di Osiride?

«Quando fa buio ti fidi di me,» lo incalzò Alex. «Quando riesci a convincerti che è soltanto sesso, che la nostra è una storia passeggera.»

Harvey strinse forte il guinzaglio e fece per andare, ma si trovò di fronte Alex e, alla vista del suo volto sconvolto dalla rabbia e dal dolore, gli si strinse il cuore.

«Però il difficile viene alla luce del giorno,» proseguì lui. «Sai una cosa, Harvey? Io non sono come Ian e non lo sarò mai. Non cercherò mai di plasmare il tuo carattere, non ti costringerò a fare cose che non vuoi. Non voglio cambiarti e nemmeno chiederti di essere diverso. Mi piaci così come sei.» Si appoggiò alla maniglia. «Perché mi guardi così, come se ti aspettassi che da un momento all'altro mostrassi la mia vera natura? Perché ti ostini a tenermi nascosta una parte del tuo cuore?»

«Alex, smettila. Per favore.» Santo cielo, doveva riflettere. Respirare. Spalancò la porta con un gesto brusco.

Osiride uggiolò, come se avesse percepito la tensione

nell'aria. «Vieni,» le sussurrò, tirando il guinzaglio.

Ma Osiride puntò le zampe e restò immobile, il muso a terra.

Possibile che non capisse? Già era difficile per lui e adesso ci si metteva anche il cane.

Con un altro uggiolio, Osiride si accucciò ai piedi di Alex.

«Sei già scappato una volta,» osservò Alex, accarezzando la testa del cane, «e non ha funzionato. Perché non provi a fermarti e a vedere cosa succede?»

Harvey non rispose e guardò Osiride che incredibilmente rifiutava di muoversi.

«Continua così,» insistette Alex. «Scappa. Non permettermi di entrare nella tua vita. Fingi di non capire quello che provo per te. Così sarai felice.»

Che ne sapeva lui? «Vieni, Osiride.» Harvey uscì dalla stanza, ma il cane non lo seguì.

«Lasciala pure qui,» gli occhi di Alex lo sfidarono apertamente, «se vuoi fare solo una passeggiata.»

«Non avevi detto che non ti piacevano i cani?»

Alex lo guardò di nuovo e scosse la testa. «Continui a non considerarmi, come sempre.»

Harvey lo fissò per un attimo e si accorse di quanto era pallido e teso. Quell'uomo credeva di amarlo. Santo cielo! Aveva parlato di amore. Di nuovo gli mancò il respiro, lasciò cadere il guinzaglio e corse via.

Da solo come sempre.

Alex abbassò lo sguardo su Osiride, che gli lanciò un'occhiata di rimprovero, come se tutta quella confusione fosse colpa sua.

«Ehi, sei tu che hai deciso di restare qui,» osservò.

Osiride sollevò il muso e lo fissò con due occhioni struggenti.

«Oh, no! Non guardarmi così. So di venire al secondo posto. Saresti dovuta andare con lui.»

Osiride emise un sospiro lungo e lamentoso, che avrebbe intenerito anche un cuore di pietra.

«Al diavolo!» Alex si passò la mano tra capelli e si accovacciò accanto al cane. «Sarò stupido, ma sai, mi sono affezionato a voi due.»

Osiride si chinò su di lui, lo buttò a terra con una zampata e gli si accucciò in grembo.

«Bel casino, vero?» mormorò Alex cercando di fare il duro. Ma era difficile con settanta chili di cane addosso. Alla fine cedette, gettò le braccia intorno al collo della dannata bestia e l'abbracciò.

Osiride gli appoggiò il muso sulla spalla e presto Alex si accorse che un filo di bava gli stava scivolando lungo la schiena. «Andrà tutto bene,» la rassicurò. *In un modo o nell'altro.*

Ma come? Non aveva dimenticato le lacrime che brillavano negli occhi di Harvey quando gli aveva confessato di amarlo.

Evidentemente il suo amore gli creava dei problemi.

A quel pensiero gli si strinse il cuore e la sua sicurezza si affievolì. Per essere una persona che prima di allora non aveva mai fatto grandi progetti per il futuro, nutriva comunque molte aspettative.

Come quella di vedere ricambiato il suo amore.

Alex portò Osiride a passeggiare in giardino. Si sedettero sulla veranda che dava sul parco e sulle colline solcate da piste ciclabili. In fondo si vedeva una vasta radura di un verde brillante.

Sembrava un posto bellissimo e Alex si disse che, se Harvey era in cerca di tranquillità, camminare nei boschi era la cosa ideale.

Karen uscì di casa e gli si sedette accanto. «Due cose,» esordì con il suo stile diretto, «avevo un amico che lavorava nella compagnia gestita da quel Ian.»

Dalla sua espressione Alex intuì che doveva avere trovato qualcosa. «E allora?» chiese.

«Cittadino modello. Lavoratore instancabile. Salda sempre i suoi conti eccetera, eccetera.»

«Ma… Ho l'impressione che ci sia un ma alla fine della frase.»

«In effetti c'è un ma. Una serie di denunce per maltrattamenti aggravati.»

«È stato condannato?»

«No. Lo hanno sempre prosciolto. Però da questo e dal fatto che è stato discretamente rimosso dal suo incarico in due società d'investimenti per lo stesso motivo, emerge un quadro molto diverso da quello del presunto cittadino modello. Ma tu conosci questo esaltato?»

«Non di persona.» Alex si fece subito più cupo. «Qual è la seconda cosa che volevi dirmi?»

«Per caso hai calpestato le verdure che ho appena piantato, quelle sul lato est della casa?»

«Stai scherzando? Non voglio andare incontro a una morte certa.» Notando che Karen non sorrideva lanciò un'occhiata a Osiride nella speranza che il cane riuscisse a spingere sua cugina al perdono. «Sei sicura che fossero impronte umane?»

«Non solo umane, ma anche maschili. Mio fratello non può essere stato, non oserebbe mai. E poi sono grandi per essere di Wyatt e di Harvey.»

«Io sono innocente,» le assicurò Alex sollevando le mani. «Ma chi potrebbe essere interessato a sbirciare dentro le finestre di casa? Maledizione!»

Ian, un uomo che picchiava i cani ed era stato denunciato per maltrattamenti aggravati. In poche parole, un vero bastardo.

E Harvey era nel bosco.

Da solo.

Oggi, si ripeté Harvey, arrancando lungo un sentiero che si inerpicava su una collina particolarmente ripida. I certificati di Anne sarebbero arrivati quel giorno.

Poi sarebbe stato libero di andarsene. Di fuggire.

Il che era proprio quello che desiderava.

Più o meno. Al diavolo Alex Flynn e la sua capacità di fargli sognare cose che non poteva avere.

Si era abituato così bene a stare da solo e a non dipendere da nessuno. Eppure, l'amore di Alex brillava come un faro nella notte e l'attirava con una forza che non aveva mai conosciuto.

Alex era così diverso dalle altre persone entrate nella sua vita. Non era egoista. Non pensava soltanto a se stesso.

Che effetto gli avrebbe fatto vivere con una persona così? Uno compagno interessato alle sue speranze, ai suoi sogni e che gli sarebbe stato accanto mentre cercava di realizzarli?

Ma che diritto aveva, si chiese tirando un calcio a una pietra, di pensare all'amore quando la sua vita era così incerta? Prima doveva sistemarsi e solo allora avrebbe avuto il diritto di cercare di ottenere quello che davvero desiderava.

E lui voleva Alex, su quello non aveva dubbi. Si sedette su un masso e si portò le mani al cuore che batteva all'impazzata. Se solo…

No. Non era il momento di sognare.

Una volta ottenuti i certificati sarebbe andato dritto alla polizia. Se la situazione si fosse evoluta a suo favore sarebbe stato libero di pensare al futuro.

Qualunque futuro l'aspettasse, in qualsiasi posto. Avrebbe ricominciato da capo e questa volta le cose sarebbero andare nel verso giusto. Si sarebbe iscritto all'università. Sarebbe diventato un veterinario. Sarebbe…

«Harvey?»

Al suono di quella voce bassa e familiare, Harvey espirò profondamente e si voltò. Alex sembrava stranamente affannato, come se avesse corso da casa fino a lì per raggiungerlo.

Alex l'abbracciò subito e lo strinse forte, così forte che Harvey sentì il battito rapido del suo cuore.

Alex iniziò a ricoprirlo di carezze. «Dio mio,» ansimò, «non riuscivo a trovarti, pensavo…»

Stupito da tutta quell'angoscia e da quell'abbraccio appassionato, Harvey gli gettò le braccia al collo, emozionato.

Alex posò la guancia sulla sua, il volto ancora colmo di sollievo e di paura. «Ho quello che ti serve,» disse. «Possiamo tornare a casa.»

«I certificati di Anne? Sono già arrivati?» Il sorriso gli morì sulle labbra quando vide l'espressione seria di Alex.

«I certificati non c'entrano.» Fece un passo indietro. «Non sono ancora arrivati.»

«E allora che cos'è successo?» Lo stava guardando con aria solenne e le sue mani gli stringevano forte le braccia, come se non volesse lasciarlo andare mai più. «Alex, mi fai paura.»

«Ho chiesto a Karen di fare qualche ricerca su Ian.»

«Che cosa?»

«Ha scoperto delle denunce per maltrattamenti. È stato licenziato per ben due volte per questo motivo. Harvey, è quello che ti serve per dare più peso alla tua testimonianza.»

«Oh, Dio mio!» Per la prima volta da quando era fuggito con Osiride la morsa che gli serrava il cuore sembrò allentarsi. «Pensa che stavo giusto pensando di rivolgermi alla polizia. Ero pronto a tutto. A pagare multe, a finire in prigione. Rivoglio la mia vita, a qualunque costo.»

Gli occhi di Alex brillarono di orgoglio. «Le multe le possiamo sempre pagare.»

Ancora quel plurale ma stranamente Harvey sentì allentarsi la morsa al cuore.

«E non finirai in prigione,» aggiunse in tono deciso.

«Alex...»

«Ti amo, Harvey. Non dimenticarlo,» gli sfiorò il profilo della mascella con il pollice, «e penso che anche tu mi ami.»

«Ti conosco solo da una settimana.»

«Da una vita,» lo corresse lui. «È una settimana che vale una vita intera.

«Ma ci sono cose di te che non so. E viceversa.» La sua voce era carica di paura.

«Quello che so mi basta.» Alex si scostò con un movimento brusco che gli spezzò il cuore. «Ma a te evidentemente no,» aggiunse in tono addolorato.

«Mi dispiace, io…»

«Già.» fece con espressione indecifrabile. «Karen ha trovato delle impronte nel suo orto. Come se qualcuno avesse cercato di curiosare dentro casa.»

Harvey distolse lo sguardo, a disagio. «Ho dato questo indirizzo ad Anne perché mi spedisse i certificati. Un altro errore, vero? Non avrei dovuto fidarmi…»

«Harvey.» Sospirando, Alex fece un passo verso di lui, ma la ricetrasmittente che portava al fianco crepitò. «Mia cugina ha insistito perché prendessi questa.» Se la portò alla bocca e disse: «L'ho trovato. È sano e salvo.»

«Bene.» Nella voce di Karen era evidente l'apprensione. «Osiride è con voi?»

«No. Era in giardino, dormiva accanto ai girasoli.»

«Non c'è più.»

Alex lanciò un'occhiata allarmata a Harvey. «Beh, guarda nell'orto.»

«No. Non riusciamo a trovarla da nessuna parte. È scappata.»

«Arriviamo subito.» Alex si fissò la radio alla cintura e prese per mano Harvey. «La troveremo.»

«È colpa mia. L'ho lasciata da sola.» Il pensiero di Osiride nelle mani di Ian gli era intollerabile.

«Non è ancora detta l'ultima parola. Andiamo,» lo esortò.

Harvey si accorse subito che Alex era angosciato quanto lui. I suoi sentimenti non erano falsi e non avevano niente a che vedere con il valore del cane o i premi che avrebbe potuto vincere. Si era semplicemente affezionato a Osiride ed era pronto a tutto per riaverla.

Seduto in veranda, Alex osservava Harvey che ad almeno sei metri di distanza continuava a chiamare Osiride rivolto verso le colline boscose. Il vento gli faceva ricadere i capelli sulla fronte. Le sue gambe snelle e muscolose erano nude, proprio come le braccia.

Alex non si sarebbe mai stancato di guardarlo. Di desiderarlo. Ma non era soltanto una passione sensuale. Gli piaceva anche sentire la sua voce, la sua risata, conoscere i suoi pensieri e avrebbe voluto che lui provasse le stesse sensazioni.

«Oddio, eccola!» esclamò Harvey indicando il bosco.

Osiride trotterellò verso di loro e li guardò con aria stupita, come se cercasse di capire che cosa stesse succedendo.

Venti minuti più tardi era distesa sul pavimento del salotto, ansimava ancora, era sporca e sembrava esausta. Quando era arrivata aveva una corda spezzata intorno al collo, evidentemente qualcuno aveva cercato di portarla via.

«I mastini hanno una forza incredibile,» spiegò Harvey, «deve avere rotto la corda per fuggire da chi cercava di trattenerla.»

Alex si accovacciò accanto al cane per esaminare meglio la corda, ma non ci riuscì perché Osiride lo leccò da capo a piedi.

Harvey intanto iniziò a tastare con attenzione il corpo dell'animale. Quando le sfiorò il petto Osiride guaì e si girò dall'altra parte. Appena Harvey accennò a insistere ringhiò.

Provò anche Alex e la reazione fu la stessa.

«Accidenti!» sussurrò Harvey.

«Che cosa?»

«Non sta nascondendo un ferita.»

«E che cos'ha allora?»

«I capezzoli sembrano più morbidi del solito.»

«E allora?»

Harvey si morse il labbro e guardò Osiride. Poi le copri le orecchie e si chinò verso Alex. «Credo che sia un sintomo di una gravidanza al primo stadio.»

«Che cosa? E come fai ad accorgertene?» chiese l'altro guardando il ventre di Osiride che sembrava enorme come sempre.

«Ne saremo sicuri molto presto. La gestazione dei cani dura soltanto due mesi. Ian andrà fuori di testa. I cuccioli di quel terranova che ha incontrato in albergo non varranno un soldo.»

«Ehi!» Questa volta fu Alex a coprire le orecchie di Osiride. «Guarda che potrebbe offendersi.»

«Non è uno scherzo,» brontolò Harvey, accarezzando il muso del cane. «Non ho abbastanza soldi per me, figuriamoci per dei cuccioli. Ma non lo deve sapere nessuno. Non posso permettere che Ian se la riprenda solo per una questione economica. Guarda che cosa le ha fatto al collo.»

«Dobbiamo conservare le prove.» Alex guardò Karen e Wyatt, che annuirono.

«Ho già chiamato la polizia e ho anche preso il calco delle impronte,» confermò Karen.

Wyatt accarezzò delicatamente Osiride. «È ora di darsi da

fare, non trovi?»

Harvey lanciò un'occhiata a Alex. «Proprio così,» mormorò.

«E poi c'è il matrimonio,» aggiunse Wyatt. «Dobbiamo sistemare tutto prima del grande giorno.»

Harvey spalancò gli occhi e guardò Alex che sembrava altrettanto sorpreso. Era come se si fossero ricordati soltanto allora di aver detto di essere fidanzati.

«Il matrimonio!» Harvey si sforzò di sorridere. «Wyatt a questo proposito…»

Osiride scattò in piedi e iniziò ad abbaiare, poi posò le zampe sul davanzale della finestra per guardare fuori. Il suo enorme corpo era scosso da brividi mentre abbaiava alla notte, perforando i timpani di tutti i presenti.

«Deve essere là fuori,» azzardò Alex.

Harvey annuì e raggiunse Osiride. «Questa storia finisce qui!» esclamò senza fare caso alle proteste di Alex. «Adesso esco e faccio una cosa di cui ho sempre avuto paura: Gli dirò ciò che penso di lui e gli spiegherò che ho intenzioni di porre fine a questa faccenda. Voglio darmi da fare.»

«Non andrai da solo,» disse Alex con decisione, allontanandolo dalla finestra.

«Alex…»

«So che ti dà fastidio sentirmi parlare al plurale,» sbottò esasperato, senza fare caso a Karen e Wyatt che non si perdevano una parola. «Ma non me ne importa niente! Non sei solo, te lo puoi scordare. Quando sarà tutto finito farai come vuoi tu. Da solo e di testa tua. E se te ne andrai senza rimpianti meglio per te.»

«Alex...»

«Riavrai la tua dannata vita e...»

«Alex!» Harvey deglutì a fatica e gli posò una mano sul braccio. «Volevo dire che noi ci daremo da fare.»

«Ian ha delle armi?» volle sapere Karen, mentre Alex fissava Harvey a bocca aperta ancora incapace di credere che avesse appena parlato al plurale.

«No, tiene troppo alla sua immagine di cittadino modello.» Harvey ricambiò lo sguardo di Alex, come se cercasse di dirgli qualcosa. «Non girerebbe mai armato. Vuole soltanto riprendersi il cane. Potremmo tendergli una trappola e attaccare Osiride a una catena. Cercherebbe di portarla via, la minaccerebbe e questa volta avrei dei testimoni.»

Si guardò intorno speranzoso e Alex fu colpito come sempre da quegli occhi grandi e bellissimi a cui non sapeva dire di no. «Vedrai,» insistette Harvey, «funzionerà, perché la polizia crederà alla testimonianza di tre persone.»

Alex scosse la testa. «Ho l'impressione che tu voglia lasciarci a guardare mentre lo affronti da solo.»

«Sì. È esattamente così.»

«No.»

«Sarai a due passi, pronto a intervenire. Che cosa mi potrebbe succedere?»

Di tutto. «Harvey...»

«Lo voglio fare,» lo interruppe Harvey con fermezza, «e lo farò. Starò fuori con Osiride. Aspetteremo insieme e presto sarà tutto finito.

Alex era seduto nell'ombra dell'ingresso e osservava le sagome di Harvey e Osiride che iniziavano a scomparire avvolte dal crepuscolo. Erano in mezzo al prato, soli e vulnerabili.

Harvey era seduto su una panchina a circa sei metri di distanza, accanto al giardino che Karen aveva creato con tanto amore.

Sapeva che i suoi cugini stavano controllando la situazione dall'altro lato della casa. Avrebbero fatto di tutto per proteggere il suo ragazzo. Era sicuro che ad Harvey non sarebbe successo niente e che avevano fatto la scelta giusta.

Eppure, mentre guardava quel maledetto cane a cui aveva finito per affezionarsi così tanto, era invaso dalla preoccupazione.

Presto sarebbe tutto finito. Harvey sarebbe stato al sicuro e da solo, come desiderava. E anche a lui.

Benissimo. Che cosa poteva chiedere di più? Sarebbe tornato a casa e avrebbe richiamato i ragazzi che gli ronzavano intorno. Poteva averne uno diverso ogni notte, se solo lo avesse voluto.

Ma per il momento era interessato a un solo ragazzo e lui…

Lui stava fissando un uomo che si avvicinava lungo il sentiero.

«Ciao Ian,» disse Harvey, quando l'uomo fu a due passi dalla panchina.

Quell'uomo che un tempo guardava con occhi pieni d'amore gli tese una busta. «I tuoi certificati. Da parte di Anne Stuart.»

Harvey si sentì stringere il cuore alla scoperta dell'ennesimo tradimento. «Capisco.»

«Ne dubito.» Ian si fermò a due metri da Osiride, che non si era mossa, ma che lo fissava emettendo un ringhio basso e minaccioso. «È stata Janice Kaiser a darmi l'indirizzo. Te la ricordi, vero?»

La consapevolezza che Alex era vicino e che non avrebbe permesso che a lui o a Osiride accadesse qualcosa, gli permise di rispondere con calma: «Ti ha sempre trovato affascinante.»

«Anche tu, una volta.»

«Una volta è l'espressione più appropriata.»

Gli occhi di Ian si oscurarono, ma non di passione come quelli di Alex. Assunsero un'aria dura e pericolosa che gli fece ringraziare il cielo di non essere davvero solo.

Strano come di colpo la solitudine avesse perso tutto il suo fascino. Forse non l'avrebbe ritrovato mai più.

Si sentiva al sicuro, perfino adesso che fissava Ian negli occhi. Era una sensazione istintiva e fortissima. Improvvisamente si rese conto che non si era mai sentito davvero così al sicuro nella vita. Da quando aveva conosciuto Alex le cose erano cambiate. Con lui si sentiva protetto ed era stato così da subito, da quando era entrato per la prima volta nel suo studio.

«Sei in gran forma,» osservò Ian in tono insinuante.

Di lui invece non si poteva dire altrettanto.

Harvey lo aveva sempre ritenuto elegante e sofisticato, con quel sorriso affascinante e quel corpo alto e snello. In quel momento, però, con la camicia spiegazzata, i pantaloni sporchi e le scarpe infangate sembrava soltanto un uomo abbruttito dall'odio. «Non mi fai paura,» rispose secco. Con la coda dell'occhio intravvide una sagoma in piedi accanto all'ingresso.

Era Alex.

Sapeva che l'avrebbe aiutato perché gli voleva bene. Perché lo desiderava. Perché l'amava.

A quel pensiero si aspettò come sempre un'ondata di angoscia, diffidenza e paura. Invece non successe niente. C'era soltanto un desiderio, che finalmente iniziava a riconoscere e a capire.

«Invece faresti bene a essere spaventato,» ribatte Ian. «Passerai dei seri guai legali se non fai quello che voglio io. E io voglio che tu torni a casa. Con me.»

«A fare il fidanzato trofeo.»

«Il mio compagno. E voglio anche Osiride.»

«Non funzionerebbe mai, Ian. Siamo troppo diversi, Non sono il ragazzo che vuoi e tu non sei l'uomo che voglio io. Lascia perdere, per favore. Lascia perdere.»

«Non se ne parla nemmeno,» ribatté con occhi sempre più feroci e disperati. «Tu e Osiride mi appartenete.»

«Non ti sposerò mai.» Harvey dovette radunare tutto il suo coraggio per non indietreggiare di fronte allo sguardo carico di rabbia di Ian. «Non tornerò indietro.» Posò la mano sulla testa massiccia di Osiride e sentì il suo pelo caldo contro la gamba. «E lei resta con me. So che sei stato tu a mandarmi quella mail di minacce. Mi hai ripulito il conto in banca. Ci hai spiato. Sono tutte cose che potrebbero interessare alla polizia.»

«Tu mi hai derubato.»

«Sono sicuro che capiranno le mie ragioni quando racconterò tutta la storia. Ho sbagliato a fuggire, Ian. Avrei dovuto affrontarti subito.»

Gli occhi di Ian si restrinsero e la bocca gli si contrasse in una smorfia rabbiosa. Erano segni che ormai aveva imparato a riconoscere, voleva dire che la rabbia gli stava dando alla testa. Quando Ian fece un passo avanti Harvey si alzò con l'idea di mettersi davanti a Osiride per proteggerla. Il cane però non gli permise di passare e si piantò di fronte all'uomo digrignando i denti.

Lui la guardò, stupito. «Ti sei già dimenticata chi ti dà mangiare, brutta cagna?»

«Sono io che le do da mangiare,» ribatté con calma Harvey, senza togliere la mano dalla testa di Osiride. «Lasciala stare. Non litighiamo su chi la deve tenere, non sarebbe giusto.»

«Quello che non è giusto è la tua ostinazione a non ascoltarmi. Torniamo a casa,» gli propose Ian, cambiando bruscamente tattica. «Parliamone, chiariremo tutto.»

«Perché non ti prendi un altro cane, Ian?»

Ian scosse la testa e fece un altro passo verso di lui. «Il cane non c'entra. Sei tu che conti.»

«Non ci credo.»

«È vero.» Ian lo raggiunse e gli posò una mano sul braccio. A quel gesto Osiride si avventò su di lui e gli addentò la caviglia. Ululando di dolore, Ian la prese a calci.

Harvey reagì senza nemmeno pensare. Sapeva solo che Ian mirava al ventre di Osiride e che probabilmente questa era incinta. Con un grido selvaggio afferrò un vaso di gerani, salì in piedi sulla panchina per darsi più forza e glielo scaraventò sulla testa.

Il vaso si ruppe, lasciando cadere la terra scura. Quando Ian urlò per la seconda volta i soccorsi erano già arrivati. Wyatt, Karen e Alex si precipitarono su di lui.

«Mi ha aggredito!» gridò Ian, arretrando. «Mi ha lanciato un vaso! È pazzo, deve finire in prigione, è un…»

«È il fidanzato di quest'uomo,» spiegò con calma Karen. Mentre Alex lo teneva fermo.

«É un ladro! É un bugiardo!» gridò Ian, cercando di divincolarsi. «Senza di me è soltanto una merda e nulla di più.»

Una zolla di terra gli finì dritta in bocca.

«Oh!» si scusò educatamente Alex. «Caspita, mi dispiace.»

Sputando terra, Ian si mise a gridare una serie di oscenità tra l'indifferenza generale.

Subito dopo arrivarono i vicini e la polizia.

Karen servì il tè in veranda chiacchierando allegra con tutti e parlando della prossima inaugurazione del suo bed and breakfast.

Wyatt diede una pacca sulle spalle ad Alex. «Te la sei cavata bene, cugino.» Poi baciò Harvey sulla guancia. «Benvenuto in famiglia.»

«Ma...» iniziò inutilmente Harvey, perché Wyatt si era già allontanato e stava parlando con sua sorella.

«Gli spiegherò tutto domani mattina,» intervenne Alex a bassa voce, fissando disgustato la tazza di tè che Karen lo aveva costretto ad accettare. «Non preoccuparti.»

«Mi preoccupo invece,» ribatté Harvey con voce spezzata, «perché...» Stupito, abbassò lo sguardo sulle sue mani scosse da un tremito incontrollabile. «Oh, Dio! Sono più nervoso adesso di quando ho affrontato Ian.»

La freddezza di Alex svanì in un attimo e lui gli fu subito accanto. Gli prese la mano e iniziò ad accarezzarla dolcemente, gli occhi colmi di preoccupazione, ma la voce calma come sempre. «Sarà uno shock ritardato. Andiamo. Ti porto dentro.»

«No. Non è questo il problema.» Harvey si sforzò di sorridere. «Sono nervoso perché ti voglio dire... cioè... vorrei dirti...» Chiuse gli occhi quando sentì le sue mani che gli stringevano la vita, ma subito dopo si costrinse a riaprirli.

Basta debolezze. Voleva essere forte e darsi da fare. «Alex, non voglio che tu dica ai tuoi cugini che non stiamo insieme.»

«Pensi che non capirebbero? Harvey, so che non avrei dovuto raccontare una bugia così stupida, ma…»

«No, non capisci. È un'idea che ho in mente da un po', avevo solo bisogno di pensarci su.»

«Pensare a che cosa?» gli domandò Alex.

«Non capisci? Non voglio che sia solo una bugia. Voglio stare con te. Voglio sentirti dire di nuovo che mi ami. Voglio sposarti. Voglio essere il tuo compagno per tutta la vita.»

Alex s'irrigidì, poi si sedette come se le gambe non riuscissero a reggerlo. «Adesso sono io a tremare.» Tirò un profondo respiro. «Sbaglio, o mi hai appena proposto di sposarti?»

«Sì,» rispose Harvey, con un nodo che gli stringeva la gola. «Sì, ti sto chiedendo di sposarmi. Ti amo, Alex. Voglio essere tuo nel bene e nel male. Non più solo ma con te. Tu viaggerai e io andrò all'università e poi, volendo, potremmo adottare un bambino, io li adoro.»

Alex aprì la bocca, ma non riuscì a dire una parola e la chiuse di nuovo.

«Per tutta la vita,» aggiunse Harvey, temendo che Alex non avesse capito bene.

Alex annuì. «Per tutta la vita.»

«Alex?»

«È solo che… ero convinto che te ne volessi andare e che ci saremmo visti solo una volta ogni tanto. Pensavo… non avrei mai immaginato…»

«Sono stato così cattivo? Oh, Alex.» Lo abbracciò appassionatamente. «Mi dispiace di averci messo così tanto tempo a capire.»

«No, va tutto bene.» I suoi occhi erano stranamente umidi alla luce della luna.

Harvey lo strinse ancora più forte, pensando che quell'uomo meraviglioso era tutto suo. «Ti amo. Davvero.»

«Sarà meglio per te, perché ti amo anche io. Dio, quanto ti amo.»

Così felice da non riuscire quasi a respirare, Harvey si sciolse e lo guardò con un sorriso un po' idiota. «E del resto che ne dici? Ti sembra un buon programma?»

«Oh, certo un ottimo programma e lo realizzeremo insieme, i miei viaggi per lavoro, l'università, i cuccioli, forse un bambino.» Alex gli diede un bacio lungo e appassionato. «Mi va bene tutto con te, andrei perfino al Polo Nord.»

Osiride si intrufolò tra di loro e iniziò a uggiolare.

Harvey le accarezzò la testa. «Che c'è?»

«Credo che si senta sola,» ipotizzò Alex. «Anche lei ha bisogno di amore. Dovremmo trovarle un compagno adatto.»

Alex gli passò un braccio intorno al collo. Osiride li guardò senza spostarsi di un millimetro. «Sì,» mormorò sfiorandogli le labbra con le sue. «Nessuno dovrebbe essere solo. Non quando è possibile trovare un compagno per la vita.»

«Un compagno per la vita,» ripeté Alex, girandosi verso il bed and breakfast. «Andiamo a casa?»

«Ma qual è la nostra casa?»

«Dovunque ci sia tu. Vuoi tornare a studiare, giusto?»

«Mi piacerebbe.»

«Allora andremo in una città con un'università. E poi...» si strinse nelle spalle, «Potremo vivere in una grande città, tornare qui, andare in un posto nuovo... non importa. Finché sto con te sono aperto a tutte le possibilità.»

«E si dà il caso che per me sia lo stesso.» Harvey lo guardò con un sorriso felice. «L'importante è stare con te.»

Alex lo prese in braccio, lo portò nella loro stanza e lo depose sul letto.

Harvey era riuscito a sbottonargli la camicia, e gli tormentava dolcemente i capezzoli già turgidi. Era meraviglioso, la sua eccitazione era già tale che sentiva i pantaloni stretti in maniera insopportabile, lo voleva toccare a sua volta, voleva sentire i loro corpi nudi che si sfioravano eccitandosi a vicenda.

Non disse una parola, se fosse stato un sogno tanto sarebbe valso goderselo fino in fondo.

Si alzò dal letto e finì di spogliarsi in maniera sensuale davanti ad Harvey che lo fissava sempre più eccitato, poi gli si avvicinò e lo aiutò a fare altrettanto, potendo così finalmente toccare il suo corpo e la sua calda pelle liscia. Questa era talmente levigata e setosa, sotto le sue dita, da poter essere paragonata alla preziosa seta, seta che era tutta sua in quel magico momento.

Rimasti finalmente nudi l'uno davanti all'altro si fissarono per un attimo immobili, fin quando le rispettive bramosie non ebbero il sopravvento e con impeto iniziarono a baciarsi avidamente avvinghiandosi l'uno all'altro. Le loro lingue si scontrarono, si accarezzavano vicendevolmente, dando e prendendo l'uno dall'altro infinito piacere. La bocca di Alex era talmente meravigliosa, calda, umida, dolce che Harvey non riusciva a staccarsi da lui neppure per riprendere fiato. Un bacio rude e violento che racchiudeva in sé tutti i bisogni e i desideri troppo a lungo repressi. I loro corpi si strusciarono in maniera sensuale eccitandosi vicendevolmente. Le sensazioni provocatagli dal sesso di Alex che premeva contro il suo, palesandogli la sua voglia, era la cosa più stimolante mai provata.

Si buttarono così avvinti sul letto e fu Alex a prendere l'iniziativa. Cominciò col baciargli e mordicchiargli il lobo dell'orecchio per poi scendere lungo il collo, verso i capezzoli turgidi che iniziò a succhiare avidamente. A quel contatto Harvey si inarcò verso quella bocca, verso quelle meravigliose sensazioni che rischiavano di sommergerlo. Alex continuò a esplorare il suo corpo, incoraggiato dalle reazioni dell'amante, arrivando fino all'inguine e al sesso pulsante. Inizialmente lo accarezzò delicatamente con le dita, poi sostituite dalle labbra che lo baciarono per tutta la lunghezza per continuare poi fino ad avvolgergli completamente la punta.

«Oh mio Dio.»

A quel contatto umido e setoso, Harvey si sentì mancare l'aria dai polmoni, quella calda bocca che lo stringeva, che lo succhiava, lo stimolò al punto da portarlo al culmine del primo orgasmo. Disperato cercò di allontanarlo da sé per evitare di venirgli in bocca, ma Alex non si scostò e, anzi, inghiottì avidamente il suo seme continuando a succhiare per svuotarlo completamente.

Era stato fantastico. La cosa più esaltante mai vissuta, si

trovava ancora lì, disteso e ansimante quando Alex gli si distese al suo fianco.

«Sei ancora convinto di voler continuare Harvey? Se vuoi possiamo fermarci?»

«Mai stato più sicuro, non ti immagini neanche quanto ti voglio!»

A quel punto non si sarebbe fermato neppure se ne fosse andato della sua stessa vita.

Alex gli sorrise e lo afferrò per la nuca trascinandolo verso di sé per poterlo baciare ancora e ancora, assaporando sé stesso in quella calda bocca. Non riusciva a saziarsi di lui. Lo accarezzò e lo stuzzicò fino a portarlo quasi al limite, poi lo fece girare mettendolo bocconi, gli baciò la nuca, il collo, le scapole, le spalle, la vita fino ad arrivare alle natiche sode e invitanti. Mentre proseguiva quella tortura, sentiva il compagno fremere sotto le sue dita che entravano e uscivano da quel buco invitante e caldo. Dalla gola di Harvey uscivano gemiti sempre più rochi, intensi, miagolii di puro piacere che lo eccitarono ancora di più. Alex non riuscì più a resistere e, afferratolo per i fianchi, lo penetrò con decisione. In quel preciso momento, dalle labbra di Harvey, uscì un lamento strozzato che non era certo dovuto al piacere. Il dolore lasciò spazio al piacere e i due vennero insieme e insieme sarebbero stati per tutta la vita, come un sol corpo, una sola anima.

Non sarebbero stati mai più soli.

FINE

Ringraziamenti

DEBORAH TESSARI, praticamente il mio braccio destro, sempre pronta a darmi una mano e a rendersi disponibile. Devo moltissimo a lei per il suo lavoro e il suo impegno. L'adoro.

GRAPHICANET, che ha creato una bellissima copertina. Anche l'occhio vuole la sua parte. Lei rende belli i libri prima di essere letti. Per me è una delle migliori. Una persona seria che gode della mia stima.

Un ringraziamento particolare a *ILENIA NANNI* per la sua collaborazione.

Un ringraziamento anche a te, lettore, per aver seguito e letto questo mio romanzo.

Indice

www.ingramcontent.com/pod-product-compliance
Lightning Source LLC
Chambersburg PA
CBHW050342160726
48002CB00001B/417